सेल्स करना और टीम बनाना सच में आसान है!

Cyscoprime Publishers

An Imprint of Evincepub Publishing

Parijat Extension, Bilaspur, Chhattisgarh 495001

First Published by Cyscoprime Publishers 2020

Copyright © Ram Pratap Singh (R.P.SINGH)" 2020

All Rights Reserved.

ISBN: 978-93-90047-28-4

सेल्स करना और टीम बनाना सच में आसान है!

पहली किताब जो की आपको 100% परिणाम देगी...

राम प्रताप सिंह

"विषय सूची"

━━━❧━━━

1. मैं ये किताब क्यों लिखना चाहता हूँ?

   (a) परिचय

2. सेल्स

   a. sales का full form क्या है?

   b. sales करने का फार्मूला क्या है?

   c. सेल्स के लिए कुछ personality tips

   d. सेल्स करने के लिए mindset कैसा होना चाहिए?

   e. सेल्स अच्छी करने के लिए क्या क्या चीज की जरुरत होती है?

   f. सेल्स करने वाले बन्दे में ये 3 गुण जरूर होने चाहिए?

   g. मेरा व्यक्तिगत अनुभव: "sales blast" tips कैसे करे

   h. सेल्स करने के कुछ professional tips

   - सेल्स करने वालो के लिए एक प्रेरणादायक कहानी

3. लाइफ में, सेल्स में, टीम को बनाने में एक **successful businessman** बनने के 8 टिप्स -

   a. Have a great attitude (एक महान सोच रखना)

   b. Be on time (समय पर रहना)

   c. Be prepared (तैयार रहना)

   d. Work for full 8 hours (पूरे 8 घंटे काम करना)

e. work the territory correctly (अपनी जगह पर अच्छे से काम करना)

f. Protect your attitude (अपनी सोच की रक्षा करना)

g. know why are you here and what are you doing (आपको पता होना चाहिए की आप यहां क्यों हो और क्या कर रहे हो)

h. Take control (नियंत्रण रखना)

- सफलता का राज: एक प्रेरणादायक कहानी

4. सफलता की सीढ़ी का क्रम

a. सफलता की सीढ़ी का क्रम -मैंने कैसे अपने आप को तैयार किया |

- सफलता का रहस्य: एक प्रेरणादायक कहानी

5. एक लीडर में जो टीम बनाना चाहता है उसमे क्या क्या गुण होने चाहिए?

a. Image (छवि)

b. Earn respect (सम्मान अर्जित करना)

c. Role model (प्रेरणाश्रोत)

d. Promoting positive (सकारात्मकता को बढ़ावा देना)

e. Total positive attitude (कुल सकारात्मक रवैया)

f. Do whatever it takes (कुछ भी करके)

g. Duplicate yourself (खुद की नक़ल करो)

h. मेरा व्यक्तिगत अनुभव मैंने इन गुणों को कैसे प्रयोग किया अपनी टीम बनाने के लिए

- टीम वर्क: एक प्रेरणादायक कहानी

6. टीम कैसे हायर करे, उसके लिए हमें क्या क्या ध्यान में रखना चाहिए?

    a. Preparation mentally and physically both (मानसिक और शारीरिक दोनों की तैयारी)

    b. How to build relashionship in field. (क्षेत्र में सम्बन्ध कैसे बनाये)

    c. पूरे दिन क्या क्या ध्यान रखना है जब आप टीम बना रहे हो |

    d. मेरा personal experience मैंने टीम को हायर करने में क्या क्या ध्यान में रखा था?

7. कभी परेशान नहीं होना है मेरा व्यक्तिगत अनुभव |

8. हमें अपनी टीम को क्या क्या सिखाना होता है?

9. टीम को आगे तक कैसे लेके जाये?

10. लक्ष्य क्या होते है, लक्ष्य बनाना क्यों जरूरी होता है?

    a. लक्ष्य के प्रकार |

    b. मैंने कैसे लक्ष्य बनाया एक अच्छी टीम तैयार करने के लिए मेरा व्यक्तिगत अनुभव |

    - अपने लक्ष्य कैसे पाए: एक प्रेरणादायक कहानी |

11. अगर आप एक अच्छी टीम बनाना चाहते है तो कुछ चीजे आपको अपने व्यवहार में जरूर अपनानी होगी: मेरा व्यक्तिगत अनुभव |

12. **Closing back doors: अपना 100% देना होगा: मेरा व्यक्तिगत अनुभव |**

13. **एक अच्छी टीम कैसे बनाये?**
    a. लक्ष्य निर्धारित करो |
    b. व्यवहार अच्छा होना चाहिए |
    c. Role model बनना पड़ेगा |
    d. Extra effort लगाने पड़ेंगे |
    e. मेरा व्यक्तिगत अनुभव: मैंने कैसे बनाया |

14. **एक अच्छी टीम बनाने के लिए हमारा relationship कैसा होना चाहिए?**
    a. बिज़नेस में व्यव्हार का क्या महत्व है?
    b. लोगो के साथ व्यवहार कैसे बनाये?
    c. कुछ चीजे जो हमें टीम के सामने नहीं करनी है |
    - व्यवहार: एक प्रेरणादायक कहानी |

15. **टीम जल्दी बनाने का सबसे बड़ा मंत्र |**

16. **मेरा व्यक्तिगत अनुभव: कुछ सच्चाईया जिस पर आप सब को विश्वास करना होगा |**

17. **मैंने इन तरीको को एक अच्छी टीम बनाने में और उनसे अच्छा बिज़नेस करवाने में कैसे प्रयोग किया?**

18. कुछ प्रेरणा दायक विचार जो हमेशा ध्यान में रखने चाहिए।

19. सेल्स और बिज़नेस करने के लिए कुछ बहुत ही ज्यादा महत्वपूर्ण बातें जो हम सबको पता होना चाहिए।

20. लेखक के बारे में।

1. मैं ये किताब क्यों लिखना चाहता हूँ?

नमस्कार दोस्तो , मैं राम प्रताप सिंह entreprenuer of THE KINGS INTERNATIONAL दोस्तों मैंने ये किताब बहुत मेहनत और सोच समझकर अपने उन भाइयो और बहनो के लिए लिखी है जो बिज़नेस सेक्टर में सेल्स को लेकर, टीम बनाने और टीम को कैसे आगे लेके आना है को लेकर परेशान रहते हैं| बाजार मैं बहुत सारी किताबें मिल जायगी सेल्स को लेकर, टीम बनाने को लेकर पर उसके बाद भी हमें ये पता नहीं होता की कौन सी किताब हमारे लिए ज्यादा महत्व रखती हैं| कभी कभी भाषा का अंतर या समझाने के तरीके की वजह से किताब को समझने में दिक्कत होती हैं | जब मैं खुद की टीम बना रहा था तो बहुत सारी किताबो का सहारा लिया लेकिन सब लोगो के साथ ऐसा नहीं हो पाता की वो अलग अलग किताबो को ले सके | मैं तब सोचता था की काश एक ऐसी किताब हो जिसमे मुझे सेल्स कैसे करनी हैं , टीम कैसे बनानी हैं, टीम को आगे कैसे लेके आना है ये सब एक ही किताब मे मिल जाये और उसे सरल शब्दों में परिभाषित किया हो | दोस्तों इन सब चीजों को ध्यान में रखकर मैंने ये किताब तैयार की है जिसको पढ़कर और follow करके एक साधारण लड़के को सेल्स मे और टीम बनाने मे सहायता हो सके | ये किताब मैंने अपने practical field के अनुभव के आधार पर लिखी है की मैंने कैसे सेल्स करना सीखा और फिर एक high performance team को तैयार किया और वो भी बिलकुल natural शब्दों का प्रयोग करके |

आशा करता हूँ कि ये किताब आप सब लोगों को अपने जीवन के सपने साकार करने मैं सहायता करेगी |

बस आप लोगों से इतनी गुजारिश है कि जो भी रूल्स और टिप्स मैंने इस किताब मे बताये हैं उनको practically follow करें तो देखिएगा ये किताब आपको कितना ज्यादा लाभ पहुंचाएगी | किताब को step by step ही पढ़ना और उसको follow करना हैं | धन्यवाद आप सभी लोगों का जिन्होनें मुझे ये किताब लिखने के लिए inspire किया मैं तहे दिल से अंकिता का आभार व्यक्त करता हूँ जिन्होनें अपने experiance भी इस किताब मे शेयर किये हैं|

(a) परिचय

मैं राम प्रताप सिंह, नमस्कार भाइयो और बहनो , मैंने ये पूरी किताब अपने practical अनुभव के आधार पर लिखी है इसका कोई दूसरी किताब से कोई लेना देना नहीं है | दोस्तों , इस किताब मे मैंने वही टिप्स व नियम बताये है जो मैंने अपने ऊपर apply किये थे जब मैं सेल्स कर रहा था और अपनी टीम बना रहा था | आप लोगों को बहुत सारी किताबी मैं अच्छे अच्छे टिप्स मिल सकते है लेकिन मैंने इस किताब में वही टिप्स और नियम बताये है जिसने मुझे आगे बढ़ने मे सहायता की है | आशा करता हूँ की आप भी इन नियमो और टिप्स को फॉलो करके अपने अपने फील्ड मे आगे बढ़ पाएंगे | मैं इस बात की सांत्वना देता हूँ की अगर आपने properly इस किताब का अच्छे से प्रयोग किया तो आप मेरे से कई गुना ज्यादा ग्रोथ कर पाएंगे| मेरा इस किताब को लिखने का मकसद सिर्फ और सिर्फ इतना ही है की मेरे सभी भाइयो और बहनो को सारी सहायता मिले की वो अपनी सेल्स और टीम को विकसित कर सकें और वो भी सिर्फ एक ही किताब को पढ़कर| माता वैष्णो देवी की कृपा से हर किसी का सपना पूरा हो यही कामना करता हूँ और इस किताब को पढ़ने और apply करने के अलावा भी आपको अपना दिमाग चलाना होगा क्योंकि ये किताब एक exprience पर लिखी गयी है (यहाँ से आपको proper guidence मिलेगी लेकिन जो creation आप अपने दिमाग से करेंगे वो आपको जिंदगी में बहुत आगे ले जाएगा)| आशा करता हूँ की ये किताब आप सब को अच्छे से guide कर सके |

धन्यवाद

राम प्रताप सिंह

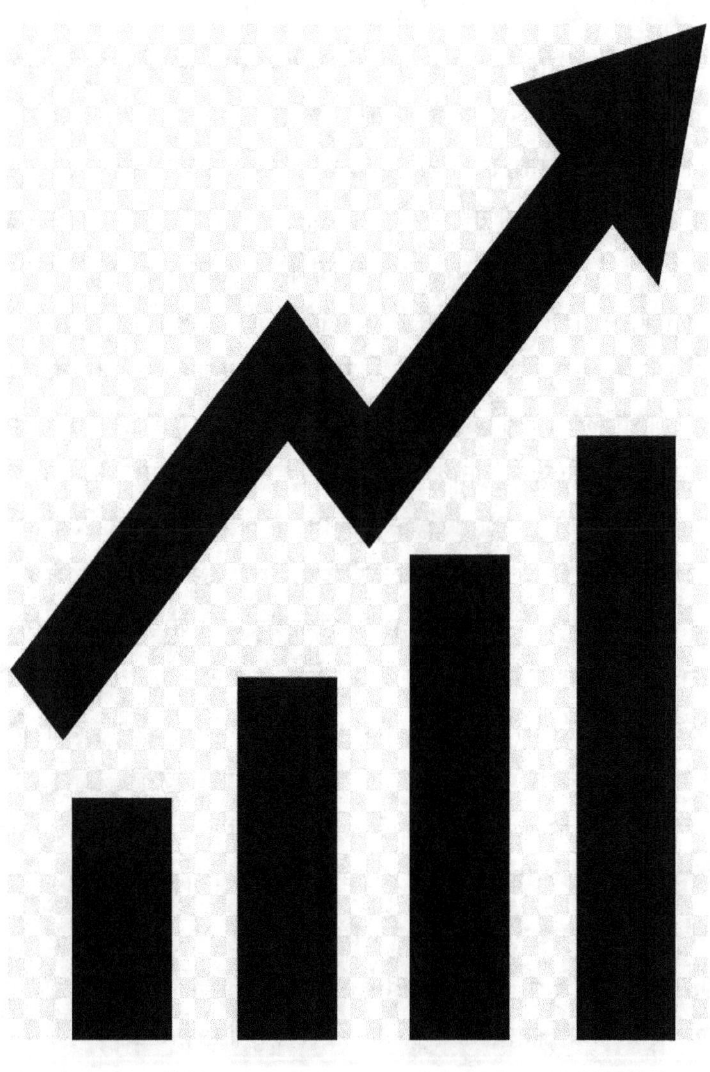

2. सेल्स

आज अगर आप बाजार में जाये तो आपको सेल्स के ऊपर बहुत सारी किताबे मिल जायगी जिससे आप बहुत सारे टिप्स और तरीके सीख सकते है लेकिन फिर भी मैं ये किताब लिख रहा हुँ क्योंकि आपको इस किताब में टिप्स मिलेंगे कि आपको सरल शब्दों में सेल्स कैसे करना है, वो मिलेगा जो मेरा व्यक्तिगत अनुभव है जिसे आपको समझने में और relate करने में आसानी होगी |

सेल्स का मतलब होता है कोई भी प्रोडक्ट या चीज जो दुसरो को देना और उसके बदले पैसे लेना | सेल्स मतलब की अपने आपको बेचना, प्रोडक्ट की भले ही कितनी भी कीमत क्यों न हो आप अपने आप को बेच के दिखाओ मतलब आपकी personality selling आपके प्रोडक्ट अपने आप ही बिक जायेंगे |

एक माँ भी अपने बच्चे को खिलाने में अपने आप में sales women होती है क्योंकि वो भी अपने बच्चे को खिलाने के लिए अपने शब्दों का प्रयोग करती है | सेल्स होता है बोलने से, न की चुप रहने से सेल्स में बोलना बहुत जरूरी होता है क्योंकि जब तक आप बोलते है कस्टमर का Impulse ज्यादा होता है जो की सेल्स करने के लिए बहुत जरूरी है लेकिन बोलना भी उतना ही है जितना आपको जरुरत है, ज्यादा बोलना भी कई बार नुकसानदायक हो जाता है |

बेस्ट सेल्स मैन बनने के लिए आपको कुछ नहीं करना है बस जब आपको आपका ग्राहक कुछ पूछ रहा है तो उसकी बात को ध्यान से सुनिए और ग्राहक की बात ख़त्म होने के बाद अपना जबाब दीजिये और

ग्राहक कुछ बोल रहा है तो कुछ सोचना नहीं बस सुनना है | एक अच्छा सेल्स मेन Good listener भी होता है| अगर अपने ग्राहक की बात ध्यान से नहीं सुनी तो आपकी सेल जो आपके हाथ में थी उसको भी आप मिस कर दोगे|

सेल्स निर्भर करता है एक नॉलेज स्किल और दूसरा व्यवहार पर |

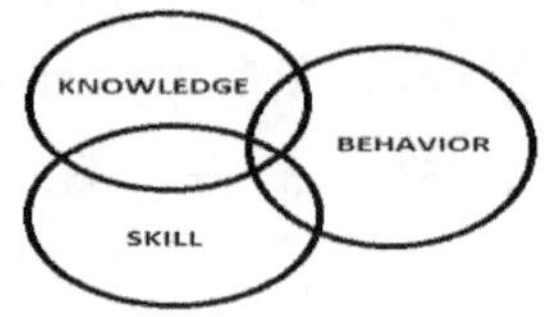

सेल्स मिस होता है एक छोटी सी गलती से आप अपना PRODUCT जो सेल करते है, उसका knowledge होना जरूरी है जिससे आप ग्राहक के हर प्रश्न का उत्तर सही सही दे सके |

(a). FULL FORM OF SALES सेल्स का फुल फॉर्म क्या है ?

सेल्स का मतलब होता है

S- System.

A-Attitude.

L- Law of average.

E- Excitement / enthusiasm.

S- Smart work (less effort more work).

जब भी हम कोई प्रोडक्ट या सर्विस सेल करते है तो हमें उसको सेल करने का तरीका पता होना चाहिए क्योंकि दुनिया में हर एक काम

सिस्टम से होता है जैसे मे आपको एक उदाहरण देके समझाता हूँ एयरोप्लेन को कौन उडाता है हम सब को आज तक यही पता है कि एयरोप्लेन को एक पायलट उडाता है लेकिन ये गलत है एयरोप्लेन को सिस्टम उडाता है, न कि एक पायलट | अगर हम में से किसी को वो सिस्टम सिखा दिया जाये तो हम भी उड़ा लेंगे ठीक उसी तरह सेल्स का भी एक सिस्टम होता है अगर वो हम सीख गए तो हम भी अच्छी सेल्स कर पाएंगे |

दूसरा matter करता है की हमारा attitude कैसा है क्योंकि बिज़नेस में attitude का ९९% role होता है अगर हमें सिस्टम आता है लेकिन हमारा काम करने का मन ही नहीं है तो क्या हमारा काम होगा definately नहीं होगा इसलिए दोस्तों हम सब को अपना ऐटिटूड बहुत अच्छा रखना होगा |

तीसरा दोस्तों, सेल्स करने का एक नियम होता है जिसे हम औसत का नियम कहते है जैसे हम आगे के अध्याय में जानेगे औसत का नियम कहता है कि कोई काम अगर एक बार में नहीं होता है अगर हम उस काम को दस बार करने कि कोशिश करेंगे तो एक बार जरूर हो जायेगा | औसत का नियम हर बन्दे के लिए अलग अलग हो सकता है ये निर्भर करता है आपकी knowledge, behavior और action पर

चौथा जो सबसे ज्यादा matter करता है वो है आपके अंदर की excitement अगर आप बिज़नेस और सेल्स फील्ड में है तो आपके अंदर excitement बड़ा role होता है क्योंकि किसी भी ग्राहक की जिज्ञासा तभी बढ़ सकती है जब आप excited होते हो | सेल्स का मुख्य कारण जिज्ञासा होती है जितनी ज्यादा आप जिज्ञासा बढ़ाओगे उतना ज्यादा आपका बिज़नेस बढ़ेगा |

पांचवा जो सबसे ज्यादा मायने करता है वो है smart work जैसे मैं आपको उदाहरण से समझाता हूँ जब हम घर पर होते है और सब्जी लेने बाजार में जाते है और सब्जी वाले भैया से बोलते है की एक किलो आलू दे दो और मान लो आलू आठ रूपये किलो है तो सब्जी वाला बोलता है की भैया दस रूपये का पूरा कर दूँ तो हम कभी कभी मना कर देते है पर 80% समय हम मना नहीं करते है | जिससे सब्जी वाले की सेल बढ़ जाती है यही स्मार्ट वर्क होता है की ग्राहक लेने आया एक सामान और अपने उसके साथ दो और बेच दिया जिससे आपका बिज़नेस बढ़ गया |

(b). SALES करने का FORMULA क्या है?

दोस्तों किसी भी कंपनी की ग्रोथ निर्भर करती है उसकी सेल्स पर अगर कंपनी की सेल्स ज्यादा होगी तो कंपनी की ग्रोथ ज्यादा होगी | दोस्तों सेल्स करने का सबसे बड़ा फार्मूला होता है LAW OF AVERAGE (औसत का नियम)| "औसत के नियम का मतलब है एक ही दिन में, एक ही जगह पर, एक लाइन से, ज्यादा से ज्यादा लोगो से मिलना जिससे आपका अच्छा बिज़नेस होगा |"औसत का नियम कहता है की अगर हम दस दरवाजे को खटखटाते है तो उसमे से एक दरवाजे पर जरूर सेल होगा लेकिन कभी कभी ऐसा नहीं होता है फिर भी आपको परेशान नहीं होना है कभी कभी २० दरवाजे खटखटाने पर एक साथ दो प्रोडक्ट सेल हो जायेंगे|दोस्तों, औसत का नियम में हर कंपनी प्रोडक्ट व सर्विस का रेश्यो अलग अलग हो सकता है वो कंपनी के प्रोडक्ट व सर्विस पर निर्भर करता हैलेकिन universal truth यही है की हर दस में से हमारा एक ग्राहक पक्का होता है|

(c). SALES के लिए कुछ PERSONALITY TIPS

अगर आप अच्छी सेल्स करना चाहते है तो आपका ड्रेस कोड अच्छा होना चाहिए मतलब फॉर्मल होना चाहिए | अच्छा ड्रेस कोड का मतलब होता है प्लेन शर्ट, पेंट, बेल्ट, टाई और जूते और ये सब फॉर्मल होने चाहिए

जिससे आपका लुक अच्छा लगे कहते है न "First impression is the last impression."

आपके नाख़ून कटे होने चाहिए कुछ लोगो के नाख़ून हद से ज्यादा बड़े होते है जो कस्टमर के सामने अच्छा इम्प्रैशन नहीं डालते है जिससे आपका बिज़नेस ख़राब होता है | आपका हेयर कट साधारण होना चाहिए जिससे आपकी पर्सनालिटी अच्छी लगे और जब भी आप ग्राहक से बात करे तो एक distance बना के बात करे जिससे ग्राहक को भी अच्छा महसूस होगा | ग्राहक के साथ सर, मेम करके बात करे जो एक अच्छा impression छोड़ता है लेकिन कभी कभी आप भैया, दीदी, अंकल कहके भी बात कर सकते है, according to situation इससे ग्राहक अपने आपको आपसे relate कर लेता है, ऐसा करने से भी आपका बिज़नेस बढ़ता है लेकिन सब को ये नहीं बोलना है|

(d). SALES करने के लिए MINDSET कैसा होना चाहिए ?

अगर आप सेल्स लाइन में है तो आपका MINDSET बहुत Matter करता है कहते है ना Attitude is everything. 99% सेल्स आपका attitude ही decide करता है |

अगर आप सेल्स लाइन में है तो अच्छा mindset develop करने के लिए ये फार्मूला हमेशा ध्यान रखना –

S – Some (कुछ)

W - Will (लेंगे)

S – Some (कुछ)

W - Won't (नहीं लेंगें)

S – So (तो)

W - What (क्या हुआ)

M – Meet (मिलो)

N – Next (दूसरे से)

सेल्स करने वालो के लिए ये रामबाण फार्मूला है अब फॉलो करना या ना करना हम पर निर्भर करता है |

दूसरा जो फार्मूला है mindset करने का वो है –

Positive mental attitude = others pocket money

अगर हमें ये पता है कि अगर हम अपना attitude अच्छा रखेंगे तभी हम किसी को भी इम्प्रेस कर सकते है जिससे हमारा बिज़नेस बढ़ेगा तो हम जरूर अपनी सोच पॉजिटिव रखेंगे |

(e). Sales अच्छी करने के लिए क्या क्या चीज की जरुरत होती है?

अगर हमें सेल्स अच्छी करनी है तो हमें कुछ बिन्दुओ का ध्यान रखना पड़ेगा जैसे:-

1. हमें रोजाना ज्यादा से ज्यादा लोगो से मिलने का और प्लान समझाने का टारगेट रखना होगा क्योंकि तभी हमारा औसत का नियम काम करेगा|

2. अच्छी सेल्स करने के लिए हमारे चेहरे पर हल्की मुस्कान जरुरी होती है क्योंकि कहते है ना कि अगर आपके पास हँसता हुआ चेहरा नहीं है तो आपको अपनी दुकान नहीं खोलनी चाहिए |

3. अगर हमें सेल्स अच्छी करनी है तो हमे हमारे अंदर से ये सोच निकालनी पड़ेगी कि ये ले सकता है और ये नहीं ले सकता | हमें किसी को पहले से ही जज नहीं करना है बहुत सारे लोग ये गलती कर जाते है| हमें ध्यान रखना है कि कोई भी बंदा हमारा प्रोडक्ट या सर्विस ले सकता है हमें अपनी तरफ से जरूर approach करना चाहिए बाकि ये उस बन्दे पर निर्भर करता है|

4.सेल्स लाइन में hustling का बहुत बड़ा role होता है | आप सुस्त होके कोई भी काम नहीं कर सकते है क्योंकि सेल्स ज्यादा अच्छी तभी होती है जब आप ज्यादा से ज्यादा लोगो से मिलते हो |

(f).Sales करने वाले बन्दे में ये तीन गुण जरूर होने चाहिए |

दोस्तों, अगर आप सेल्स लाइन में है तो आपके अंदर ये तीन गुण जरूर होने चाहिए अगर ये तीन गुण आपके अंदर नहीं है तो आपको सेल्स लाइन में बहुत सी समस्याओं का सामना करना पड़ेगा तो चलिए दोस्तों बात करते है कि वो कौन से तीन गुण है जिनका प्रयोग करके आप आगे बढ़ सकते है |

1. जो लोग सेल्स के Business में होते है उनके सिर पर बर्फ होनी चाहिए मतलब अपना दिमाग ठंडा रखना होगा क्योंकि सेल्स में negatives ज्यादा होते है तो अपने गुस्से पर control रखना चाहिए |

2. जो लोग सेल्स के Business में होते है उनके मुँह में मिश्री होनी चाहिए उनको हमेशा मीठा बोलना होता है कोई कुछ भी बाले लेकिन हमें विनम्र होकर ही बात करनी है |

3. जो लोग सेल्स के Business में होते है उनके पैरों में पहिये होने चाहिए इसका मतलब है कि हमें फील्ड में ज्यादा भागना पड़ेगा ज्यादा लोगो से मिलना पड़ेगा तभी हमारा औसत का नियम काम करेगा क्योंकि सेल्स लाइन में आप Business तभी अच्छा कर सकते है जब आप ज्यादा से ज्यादा लोगो से मिलेंगे |

(g). मेरा व्यक्तिगत अनुभव: "Sales blast tips" कैसे करे?

दोस्तों, अपने अभी तक बहुत सारे तरीके सीख लिए है की कैसे सेल करना है, सेल क्या होती है, सेल करने के लिए हमारा mindset कैसा होना

चाहिए, सेल्स करने के लिए एक बन्दे में क्या क्या गुण होने चाहिए? अभी दोस्तों जो तरीके मैं आपको बताऊंगा वो आपको किसी किताब, मेगज़ीन या कहीं नहीं मिलेगा क्योंकि ये मेरा खुद का व्यक्तिगत अनुभव है।

दोस्तों अगर आप सेल्स या बिज़नेस के लाइन में जाना चाहते है तो पहले आपको आपका why clear होना चाहिए, आपको अपने आप से पूछना चाहिए की मैं ये काम क्यों कर रहा हूँ क्योंकि जब आपको आपका why पता होता है तो आपकी मेहनत ज्यादा और सही दिशा में लगता है। अभी आपके मन में ऐसा चल रहा होगा की सर मुझे वो महत्वपूर्ण टिप्स बताओ जिसने आपको सेल्स में फायदा पहुंचाया।

दोस्तों, जो टिप्स मैं आपको बताने जा रहा हु मैं ये नहीं कहता कि सारे टिप्स आपको फायदा करेंगे लेकिन मुझे ये पता है कि इन टिप्स का प्रयोग करके, अगर मेरे जैसा एक साधारण इंसान, गांव का रहने वाला बंदा ज्यादा किसी से बात न करने वाला बंदा, जिसकी सबसे ज्यादा जरुरत होती है सेल्स लाइन मे वो बिज़नेस करना सीख सकता है तो दोस्तों आपको ये टिप्स जरूर लाभ पहुचायेंगे। अगर सरल शब्दो में बात करू तो सबसे पहले ये आपके अंदर ये सोच होनी चाहिए कि मुझे ये काम करना है क्योंकि जब तक आप अंदर से पूरी तरह सकारात्मक नहीं होंगे तब तक आप कोई भी काम सही से नहीं सीख सकते इसलिए दोस्तों सबसे पहले ये क्लियर करे कि ये काम मुझे क्यों करना है फिर दोस्तों जब आपका ये पता हो जाये तो फिर आपको आपकी कंपनी का बिज़नेस करने का बेसिक सिस्टम क्या है, ये पता होना चाहिए। उस सिस्टम को याद करना है और उसे practically अप्लाई करना सीखना है क्योंकि आज तक जो भी आगे बढ़ा है सिस्टम का प्रयोग करके ही आगे बढ़ा है। एक बात हमेशा ध्यान रखना बिना सिस्टम को सही से सीखे आप कभी

भी आगे नहीं बढ़ सकते तो अभी जब आपको सिस्टम पता हो गया है और अप्लाई करना भी सीख लिया है फिर भी आपके रिजल्ट शायद इतने अच्छे नहीं आएंगे लेकिन इस situation में परेशान होने कि कोई जरुरत नहीं है ये लगभग सबके साथ होता है | बस आपको एक ही मंत्र याद रखना है की आपको लगातार लगातार काम करते रहना है पुरे सकारात्मक मन से और विश्वास के साथ, तो देखना कुछ दिनों में आपके अंदर अपने आप सेल्स और बिज़नेस की क्वालिटी विकसित हो जाएँगी और लगभग आज तक जितने भी लोग successful हुए है सभी ने सिर्फ एक ही तरीका अपनाया है कि उन्होंने लगातार कोशिश की कभी छोड़ा नहीं उनके साथ भी उन्हें कई बार ऐसा अनुभव हुआ कि छोड़ देते है, उनसे नहीं होगा लेकिन उन्होंने बिना हिम्मत हरे लगातार काम किये | यही मेरे साथ भी हुआ मैंने कभी भी dealing वाला काम, लोगो के साथ कैसे बिज़नेस करना है मुझे नहीं पता था लेकिन अभ्यास करते करते मैं सीख गया, प्रॉब्लम आयी लेकिन फिर भी काम करता गया और आज मुझे सेल्स करना भी आता है और टीम को कैसे सिखाना है वो भी आता है |

अगर मैं रियल मैजिक कि बात करूँ तो वो यह है कि पूरे सकारात्मक मन से एक सही दिशा में काम करना, आप सब कुछ अपने आप सीख जाओगे बस अपने काम में consistancy रखना है सकारात्मक सोच के साथ | यही असली secret है सभी का |

(h). Sales करने के कुछ professional टिप्स:-

एक अच्छा सेल्समैन बनने के गुण-

1. ग्राहक को खुद के प्रति विश्वास दिलाना |

2. संयम बनाये रखना |

3. आत्मविश्वास का होना|

4. सहयोगियों के साथ काम करने की क्षमता होना |

5. बेचने वाले प्रोडक्ट के बारे में जानकारी होना |

6. ग्राहक की भावनाओ को समझना |

7. बातचीत की कला में निपुण होना |

8. कठिन परिस्थितियों को संभालना |

9. अपने काम के प्रति ईमानदार रहना |

10. रचनात्मक सोच वाले होना |

11. अच्छी dressing का ज्ञान होना |

12. दुसरो की बातों को भी सुनना |

13. सकारात्मक सोच का होना |

सेल्स करने वालो के लिए एक प्रेरणादायक कहानी -

एक बार एक लड़के ने अमेरिका के एक बड़े शापिंग सेंटर में सेल्समैन की नोकरी के लिए आवेदन दिया। वह शापिंग सेंटर काफी बड़ा था और छोटी बड़ी लगभग हर तरह की वस्तुए वहां बेचीं जाती थी ।

कुछ देर लड़के का resume देखने के बाद मेनेजर ने कहा ठीक है तुम कल सुबह से काम शुरू कर सकते हो! कल शाम को आकर फिर मिलना। तुम्हे पहले ट्रायल पर रखा जायेगा अगर तुम चीजें बेच पाए तो तुम्हे स्थायी कर दिया जायेगा। लड़के ने दिन भर मेहनत से काम किया और शाम को बॉस के ऑफिस में पहुँच गया। "आज तुमने कितने ग्राहकों को माल बेचा?" बॉस ने पुछा"सर, केवल एक को!" लड़के ने जवाब दिया।"केवल एक !" बॉस ने आश्चर्य से बोला । "ओह ! मेरे स्टाफ में सेल्समेन एक दिन में, कम से कम 20 से 30 लोगों को सामान बेच देता हैं, अगर तुम यहाँ काम करना चाहते हो तो तुम्हे भी इतना सेल तो करना ही पड़ेगा। वेसे तुमने कितने का सामान बेचा?" बॉस ने कहा । "93300534 डॉलर्स

"लड़के ने उत्तर दिया। "क्या ? तुमने यह कैसे किया?" अचंभित होते हुए बॉस ने पुछा| "well, एक ग्राहक आया था और मेने उसे मछली पकड़ने के हूक्स दिखाए, पहले छोटा हुक, फिर बड़ा हुक और अंत में बड़ा हुक उसने तीनों खरीद लिए"। "फिर मेने उसे मछली पकड़ने की रॉड और गियर भी बेच दिए" | "फिर मेने उससे पुछा की वह कहाँ मछलियाँ पकड़ने जा रहा है, तो उसने बताया की वह समुद्र में मछलियाँ पकड़ना चाहेगा किसी झील में नहीं! तब मेने उसे बताया की उसे दो इंजिन वाली मोटर बोट खरीदनी चाहिए जो उसके लिये सेफ रहेगी! उसने वह भी खरीद ली !"

"फिर मेने पुछा की वह अगर बड़ी मछलियाँ पकड़ेगा तो उन्हें ले जाने के लिए उसे एक मिनी ट्रक की ज़रुरत भी पड़ेगी, मेने उसे कुछ मिनी ट्रक बताये और उनमे से उसने एक खरीद लिया!""यही नहीं उसने कैम्पिंग का सामन भी ख़रीदा !" इतना सब सुनकर मेनेजर आश्चर्य में पड़ गया और उसने कहा "तुमने उस व्यक्ति को इतना कुछ बेच दिया जो केवल एक फिशिंग हुक खरीदने आया था!?""नहीं सर, वो तो सरदर्द और डिप्रेशन की दावा लेने आया था! मेने उससे कहा सर! फिशिंग, डिप्रेशन दूर करने का सबसे अच्छा उपाय है!"बॉस ने यह सब सुनकर कहा "बेटा तुम तो मेरी कुर्सी पर बैठो!"

- यह कहानी अविश्वशनीय और काल्पनिक लगती है, लेकिन प्रत्येक सेल्समैन इससे सीख सकता है की, अगर आप अपने ग्राहकों की वास्तविक समस्याओं को हल करने में उनकी मदद करेंगे, तो आप तेज़ी से सामान बेच सकेंगे।

3. Life में, सेल्स में, टीम को बनाने में, एक successful businessmen बनने के 8 steps -

आज मैं आप लोगों के साथ 8 steps to success शेयर करने जा रहा हूँ जो की मैंने अपने मार्केटिंग के बिज़नेस के शुरुआत में सीखे थे, जो हर आदमी को सफलता दिलाने में मदद कर सकते है |

1. Have a great attitude (एक महान सोच रखना) -

कहा जाता है " ATTITUDE IS 99% OF BUSINESS" 99% सफलता हमारे ATTITUDE पर निर्भर करती है हमें हमारा attitude, हमारे goal महान रखना होगा। हमारी लाइफ में बहुत सी प्रॉब्लम आएगी, जो अपने सोची होगी या शायद नहीं सोची होगी फिर भी हमे हिम्मत नहीं हारना है, पर कई लोग मानते है की सोचने से क्या होगा पर मैं आपको बता दूँ कोई भी काम दो बार होता है ,पहली बार हमारे दिमाग में और दूसरा वास्तविकता में।

2. Be on time (समय पर करना) -

यह बात भी बिलकुल सही है की सोचने से कुछ नहीं होता है, उस काम को करना भी पड़ता है। असफल लोग हमेशा काम को टालते रहते है इसलिए वह fail हो जाते है जबकि सोचने के बाद उस काम को प्लानिंग के साथ शुरू भी करना चाहिए क्योंकि कहते है न "Miles of journey start from the single step" और साथ ही साथ ये भी ध्यान देते रहे

कि अपने काम समय पर कर रहे है कि नहीं। अगर speed कम हो तो बढ़ाये और हर काम में be on time रहे।

3. Be prepared (तैयार रहना) -

कहते है न "If you are failing to prepare, you are prepare to fail." मतलब "अगर आप तैयारी करने में fail हो रहे है , तो आप fail होने की तैयारी कर रहे है। "क्योंकि जो लोग तैयारी पहले से कर लेते है वो आधी जंग पहले से जीत लेते है इसलिए आपको अपनी वेशभूषा और काम की योजना पहले से ही कर लेनी चाहिए। preparation is key to success जब भी हम कोई काम करते है तो उसमे बहुत सारे चैलेंज भी आते है उन चैलेंज से निपटने के लिए पहले से ही तैयारी कर लेनी चाहिए।

4. Work for full 8 hours (पूरे 8 घंटे काम करना) –

"You are your own boss, don't cheat your boss."

यह हमेशा याद रखना कि आप जो भी कर रहे है वह अपने लिए कर रहे है तो काम में कि गयी cheating खुद से cheating होगी क्योंकि हर इंसान में यह दोष होता है कि वह काम को अकेले में वैसा नहीं करता जैसा किसी supervision के अंदर में होने पर करता है इसलिए अपने काम को पूरा टाइम दें और लगातार करे और कम से कम पूरे 8 घंटे काम करें।

5. Work the territory correctly (अपनी जगह पर अच्छे से काम करना) -

अपने जो भी काम हाथ में लिया है उसे एक दिशा में सही तरीके से करे। जिस तरह से एक बड़े से बड़ा जहाज एक छोटे से छेद से डूब जाता है उसी तरह से हमारी कोई भी छोटी सी गलती हमारे पूरे बने बनाये काम को बिगाड़ सकती है इसलिए हमारी कि हुई तैयारी का कोई भी ऐसा

पहलु नहीं होना चाहिए जिसको हम सही से न करे। अगर किसी काम में हम कमजोर है तो किसी कि मदद ले नहीं तो बहुत से असफल लोगो कि तरह हमें भी कहना पड़ेगा कि सब ठीक था पर एक छोटी सी कमी रह गयी या एक छोटी सी गलती हो गयी और सब ख़राब हो गया। इसलिए अपने सभी काम सही ढंग और सही तरीके से करें।

6.   Protect your attitude (अपनी सोच की रक्षा करना) -

अपने attitude को protect रखे और तैयार रहे कि बहुत सारे लोग आपको demotivate करेंगे उनकी बातों को एक कान से सुनकर दूसरे से निकाल दे, लोगो को कहने दें, आप अपना काम करते रहें और मन में सफलता की छवि या सपने देखें क्योंकि किसी ने कहा है "सपने वह नहीं जो सोते हुए देखे जाते है सपने वह है जो आपको सोने नहीं देते।"

7.   Know why are you here and what are you doing (आपको पता होना चाहिए कि आप यहाँ क्यों हो और क्या कर रहे हो) -

कई बार ऐसा होता है कि हम कोई काम शुरू करते है और बड़े उत्साह के साथ शुरू करते है, परन्तु कुछ समय के बाद हमारा उत्साह उस काम के लिए कम हो जाता है इसलिए अपने goal को एक diary में लिख लें और उस को दिन में एक बार जरूर पढ़ें और सोचें कि क्या उस goal को पूरा करने के लिए जो करना चाहिए वो आप कर रहे है और वही उत्साह है जो काम शुरू करते समय था।

8.   Take control (नियंत्रण रखना) -

सफल होने के लिए अपने आप पर पूरा नियंत्रण रखना भी जरुरी है, कई सारे लोगो का जब थोड़ा सा भी काम बिगड़ जाता है तो वह गुस्से या हड़बड़ाहट में उसे और बिगाड़ देते है और उसके बारे में नकारात्मक सोचना शुरू कर देते है, ऐसे समय में अपने दिमाग को शांत रखें और

काम को सुधारने की कोशिश करें या फिर उस फील्ड के सफल लोगों कि सलाह लें "Because your future is in your hand."

- सफलता का राज़:- एक प्रेरणादायक कहानी

एक बार एक लड़का छुट्टियां बिताने अपने दादाजी के पास गांव चला गया। वह उसने एक दिन अपने दादाजी से पूछा कि -"सफलता का राज क्या है?"

इस पर दादाजी उसे पास की नर्सरी में ले गए और वहाँ से दो पौधे खरीद लाये।

एक पौधा उन्होंने घर के अंदर गमले में लगाया और दूसरा पौधा घर के बाहर लगा दिया। उन्होंने अपने पोते से पूछा कि:-"तुम्हे क्या लगता है , इन पौधों में से अधिक सफल कौन होगा?"

लड़के ने जवाब दिया कि:- "घर के अंदर वाला पौधा ज्यादा सफल होगा क्योंकि वह खतरों से सुरक्षित है जबकि बाहर वाले पौधे को बहुत सी चीजो से खतरा है।" दादाजी उसकी बात पर मुस्करा दिए। कुछ दिनों बाद लड़का वापस शहर चला गया। कुछ साल बाद वह फिर से दादाजी से मिलने गांव आया और पौधों के बारे में पूछा । दादाजी ने उसे घर के अंदर लगा पौधा दिखाया। वह पौधा गमले में काफी बड़ा हो चूका था। लड़के ने कहा कि "मैने कहा था न कि यही पौधा ज्यादा सफल होगा। वैसे बाहर वाले पौधे का क्या हुआ।"

 दादाजी उसे बाहर लेकर गए तो लड़का हैरान रह गया। बाहर वाला पौधा एक विशाल वृक्ष का रूप ले चुका था। उसने पूछा कि यह कैसे सम्भव है? दादाजी ने बताया कि खतरों से जूझकर ही सफलता प्राप्त होती है।

Moral - मित्रों, खतरों से डरना नही चाहिए,बल्कि उनका सामना करना चाहिए। तभी हमे सफलता मिलेगी।

4. सफलता की सीढ़ी का क्रम"

100% I did मैंने किया

90% I will मैं कर लूंगा

80% I can मैं कर सकता हूँ

70% I think I can मुझे लगता है मैं कर सकता हू

60% I might मुझे करना चाहिए

50% I think I might मेरा मानना है कि मुझे ये करना चाहिए

40% I could मैं कर सकता

30% I wish I could काश मैं कर सकता

20% I don't know how मैं नहीं जानता कि कैसे

10% I can't मैं नहीं कर सकता

0% I won't मुझे चाहिए

दोस्तों, हम सफल होना चाहते है लेकिन होता क्या है कि हम सफल नहीं हो पाते और बहुत सारे लोग जिंदगी भर मेहनत करते है, उसके बाद भी उनको सफलता नहीं मिल पाती और जिंदगी भर अपने आप को कोशते रहते है क्योंकि उनको पता ही नहीं चल पता कि उनके अंदर क्या कमी थी। ये सफलता कि सीढ़ी आप की सहायता करेगी कि आप अभी किस पायदान पर हो और आगे बढ़ने के लिए अभी और कितनी मेहनत करनी पड़ेगी। इससे आप आसानी से अपनी सक्सेस रेट को माप सकते है।

सफलता की सीढ़ी का क्रम - मैंने कैसे अपने आप को तैयार किया

जब मैं सेल्स लाइन और बिज़नेस मैं आया था तब मुझे कैसे सेल्स करना है, कैसे बाहर जाकर लोगो से बात करना है (जो की मेरे लिए अनजान थे) ये तक नहीं पता था। आजकल तो फिर भी लोगो को डील करना, लोगो को कम्यूनिकेट करना आता है, लेकिन मैं इन सब मैं पूरा जीरो था। मैंने अपने आप के ऊपर काम किया और अपने आप को develop किया, चलिए मैं आपको बताता हूँ ।

मुझे मेरे सीनियर ने जो भी सिखाया, जैसे सिखाया उसकी मैं रोजाना नक़ल करता था उनके जैसे बोलना उनके जैसे काम करने का तरीका observe किया और रोजाना उसे फॉलो किया। ऑफिस में भी लोग बोलने लगे कि दूसरों कि नक़ल मत करो खुद का क्रिएट करो वही तुम्हे आगे लेके जायगा | मैंने अपने सीनियर कि भी बात सुनी पर मैं रोजाना ईमानदारी से जितना हो सकता था उतना काम करता गया पता नहीं कब मेरे अंदर सेल्स करने कि क्वालिटी व लोगो से बात करने कि क्वालिटी आ गयी पता ही नहीं चला, लेकिन ये सब मेरी दिन, प्रति दिन जो मैंने काम किया था ईमानदारी से उसका नतीजा था। इसके आलावा मैंने अपने आपको विकसित करने के लिए हर रोज अच्छी अच्छी motivational किताबे, लोगो कि जीवनी पर बनी किताबे पढ़ी और अपने आप को विकसित किया। तो दोस्तों, अगर अपने आप को सफलता कि सीढ़ी के क्रम में आगे बढ़ाना है तो आपको दिन प्रतिदिन ईमानदारी से काम करना होगा। सिस्टम में रहकर काम करने कि प्रैक्टिस लगातार करनी पड़ेगी और अच्छी अच्छी किताबो को अपना दोस्त बनाना पड़ेगा|

-सफलता का रहस्य : एक प्रेरणादायक कहानी

एक बार एक युवा लड़के ने सुकरात से पूछ्छा की सफलता का रहस्य क्या है ? सुकरात ने उस लड़के से कहा कि कल तुम मुझे नदी के किनारे मिलो।

वो मिले। सुकरात ने युवा को उनके साथ नदी की तरफ बढ़ने को कहा। और जब बढ़ते बढ़ते पानी के किनारे तक पहुँच गये तभी सुकरात ने अचानक लड़के का सिर पकड़कर पानी में डुबो दिया। लड़का बाहर निकलने के लिए सघर्ष करने लगा लेकिन सुकरात ताकतवर थे और उसे तब तक डुबोये रखे जब तब वो नीला नही पड़ने लगा। फिर सुकरात ने उसका सिर बाहर निकाल दिया। बाहर निकलते ही लड़के ने हाँफते हाँफते सांस लेने लगा ।सुकरात ने पूछा- "किजबतुम वहाँ थे तो सबसे ज्यादा क्या चाहते थे ।"

लड़के ने कहा-"सांस लेना" सुकरात ने कहा"यही सफलता का रहस्य है जब तुम सफलता को उतनी ही बुरी तरह से चाहोंगे जितना की तुम सांस लेना चाहते थे तो वो तुम्हे मिल जायेगी " इसके अलावा और कोई रहस्य नही है

5. एक लीडर में जो team बनाना चाहता है, उसमें क्या क्या गुण होने चाहिए?

लीडर वही होता है जिसमेँ नेतृत्व करने का गुण होता है। नेतृत्व के गुण का विकास बचपन से ही शुरू हो जाता है इसे आप पैसा देकर नहीं सीख सकते है। आप किसी कॉलेज या विश्वविद्यालय में नहीं सीख सकते। दोस्तों एक व्यक्ति को मुश्किलें, तकलीफे, जीवन कि कठिनाइया, व्यक्तिगत अनुभव उसे एक लीडर बनाने में मदद करते है। आपने भी देखा होगा कि दुनिया के बेहतरीन लीडर एक सामान्य परिवार से ही थे और उनके पास संसाधनों का हमेशा आभाव रहा उसके बाद भी उन्होंने इतिहास रच दिया। दोस्तों अब हम बात करेंगे कि एक सच्चे लीडर में ऐसे कौन कौन से गुण होने चाहिए जो उन्हें टीम बनाने में सहायता करेंगे।

(a). IMAGE (छवि) - दोस्तों एक लीडर कि इमेज अपने आस पास, दोस्तों में, ऑफिस में, हर जगह अच्छी होनी चाहिए क्योंकि कहते है न "First impression is the last impression". एक लीडर के चेहरे पर हमेशा खुशी और उत्साह होना चाहिए चाहे परिस्थिति कैसी भी हो, एक लीडर हर काम में आगे होता है चाहे वो घर के काम हो, ऑफिस के काम हो या डेली के चाहे जो काम हो हर काम में आगे होता है। लोग अगर सुस्त बैठे हो तो उन्हें एक्टिव करने का काम भी एक लीडर का होता है। एक लीडर के अंदर लोगो कि सहायता करने, लोगो को सिखाने और एक ऐसा माहौल तैयार करने का भी गुण होता है। एक लीडर हमेशा चाहे परिस्थिति कैसी भी हो वो हमेशा पॉजिटिव बातो को

ही प्रमोट करता है क्योंकि उसको पता होता है कि अगर लाइफ में आगे बढ़ना है तो एक लीडर बनना बहुत जरुरी है।

(b). EARN RESPECT (सम्मान अर्जित करना) -

दोस्तों एक लीडर हमेशा लोगो के साथ, अपने टीम के साथ एक दोस्त कि तरह ही रहता है और लोगो को सिखाता है वह कभी भी एक खड़ूस बॉस कि तरह व्यवहार नहीं करता है ! एक लीडर में जो सबसे बड़ा गुण होता है वो है अपने आसपास सभी से दोस्ती कर लेने का गुण, जो कि सबके अंदर नहीं होता है। एक लीडर हमेशा सोच समझ कर ही बोलता है, और वो ऐसी कोई बात नहीं बोलता जिससे दुसरो को बुरा लगे। लीडर का व्यवहार सबके लिए एक जैसा होता है। वो लोगो का रंग, जाति, गरीबी, अमीरी नहीं देखता वो सबको एक ही नजरिये से सिखाता है।

(C) Role model (प्रेरणाश्रोत) – एक अच्छा लीडर रोल

मॉडल भी होता है, लोगो के लिए। वो अपने काम करने के तरीके, परिणाम से लोगो के सामने उदाहरण होता है। वो हर काम में lead by example होता है। एक अच्छे लीडर के अंदर जो सबसे बड़ा गुण होता है वो है उसकी काम करने की आदत, वो हमेशा हर काम में आगे रहता है, चाहे सेल्स करने में, चाहे टीम बनाने में लोगो को विकसित करने में इत्यादि। अगर एक लीडर सेल्स के बिज़नेस में है तो वो नए लोगो को बिज़नेस में हायर करने में और सीखने में भी आगे रहता है, परिस्थिति चाहे जो भी हो।

(d) promoting positives (सकारात्मकता को बढ़ावा देना)

– दोस्तों एक सच्चा लीडर जिसको जिंदगी में आगे बढ़ना होता है वह कभी भी नकारात्मक बातो में नहीं पड़ता है, वह हमेशा हर परिस्थिति में सकारात्मक चीजों को ही promote करता है। अगर किसी के मन में

नकारात्मक विचार आ भी रहे होते है तो उनको वो सकारात्मक विचार में भी बदल देता है और लोगो को सकारात्मक सोच के साथ काम करने के लिए प्रेरित करता है। एक सच्चे लीडर को हमेशा ये पता होता है की नकारात्मक चीजे हमारे चारो तरफ फैली हुयी है , लेकिन फिर भी वो सकारात्मक सोच से खुद भी और दुसरो को भी आगे बढ़ने के लिए प्रेरित करता है। वह ऑफिस, घर, बिज़नेस हर जगह एक सकारात्मक माहौल का निर्माण करता है, जिसमे लोग ग्रोथ कर सके।

(E) Total positive attitude (कुल सकारात्मक रवैया) –

दोस्तों एक अच्छे और सच्चे लीडर की एक ये भी निशानी होती है की वो हमेशा सकारात्मक सोचते है और लोगो से भी सकारात्मक बाते ही करते है चाहे वो ऑफिस में हो या ऑफिस के बाहर। उनका व्यवहार, बात करने का तरीका हमेशा सकारात्मक होता है। ऐसा नहीं है की लीडर के मन में कभी नकारात्मक विचार नहीं आते है। नकारात्मक विचार तो सब के मन में आते है लेकिन लीडर हमेशा उसको सकारात्मक विचार में बदल देता है। कहते है न की जितनी बड़ी मुसीबत आती है उतना ही बड़ा मौका लेकर आती है। एक अच्छे लीडर के पास फालतू की इधर उधर की बात करने का समय नहीं होता है। वो हमेशा अपने भविष्य को लेकर उत्साहित रहता है। वो हर एक चीज के लिए उत्साहित रहता है। हमेशा सकारात्मक ही सोचता है, situation चाहे जो भी हो।

(F) Do whatever it takes (कुछ भी करके) - दोस्तों एक

सच्चा लीडर जब भी कोई लक्ष्य या काम हाथ में लेता है तो उसे पूरा करने के लिए दिन रात काम करता है, खुद तो काम करता ही है और अपने टीम के लोगो को भी आगे बढ़ाने के लिए उनके साथ मिलकर काम करता है क्योंकि एक सच्चा लीडर जानता है कि जब उसकी टीम आगे बढ़ेगी तो उसकी growth भी कई गुना आगे बढ़ जाएगी । वो अपनी टीम के लिए

भी goal सेट करता है और उनको उनके लक्ष्य तक पहुंचाने में हर तरह से सहायता करता है, अगर उसे लगता है कि उसकी टीम को और सिखाना है तो वह उन्हें दोबारा सिखाता है और तब तक सिखाता है जब तक कि सीख नहीं जाते है इसका मतलब यह नहीं कि सभी लोग सीख जाते है पर बहुत सारे लोग सीख जाते है। ये सब सिखने वाले के mindset पर निर्भर करता है। एक सच्चा लीडर अपनी टीम के लिए बहुत सारा secrifice भी करता है जैसे पैसे कि सहायता, अपना कीमती समय उन पर लगाता है, अपने घर वालो को ज्यादा टाइम न देकर अपना कीमती समय अपनी टीम पर लगाता है क्योंकि उसको टीम की ताकत का पता होता है। वो हमेशा सबके लिए role model बनकर रहता है।

(G) Duplicate yourself (खुद की नक़्ल करो) – दोस्तों एक अच्छे लीडर की जो सबसे बड़ी विशेषता होती है वो ये होती है की एक अच्छा लीडर हमेशा अपना duplicate तैयार करता है क्योंकि उसको पता है की अगर लाइफ में ज्यादा जल्दी आगे बढ़ना है और ग्रोथ करना है तो एक अच्छी टीम की जरुरत होती है। एक अच्छा लीडर हमेशा दूसरों को सिखाने में जोर लगाता है क्योंकि उसको पता है की बिज़नेस में अगर आगे बढ़ना है तो हमेशा दुसरो की सहायता करनी पड़ेगी और उनको सिखाने में पूरी मेहनत करता है और टीम को खाली सेल्स सिखने में ही मदद नहीं करता बल्कि टीम को हर पहलू में train करता है। चाहे वो सेल्स हो या टीम बनाने की बात हो या फिर टीम को कैसे inspire करे इन सारे क्षेत्रो में भी train करता है क्योंकि एक सच्चे लीडर को ये बात पता होती है की एक लीडर के आगे बढ़ने की गति, उसके टीम की गति पर निर्भर करती है और मैं सभी लीडर को ये कहना चाहता हु की आप सभी की ग्रोथ तभी ज्यादा होगी जब आप अपने टीम की ग्रोथ को अपनी ग्रोथ मानकर सिखाएंगे। हमेशा अपना duplicate तैयार करने

की कोशिश करो और तैयार भी करो। ये सब आसानी से हो सकता है यदि आपका व्यवहार और नियति आगे बढ़ने और बढ़ाने की है।

की कोशिश करो और तैयार भी करो। ये सब आसानी से हो सकता है यदि आपका व्यवहार और नियति आगे बढ़ने और बढ़ाने की है।

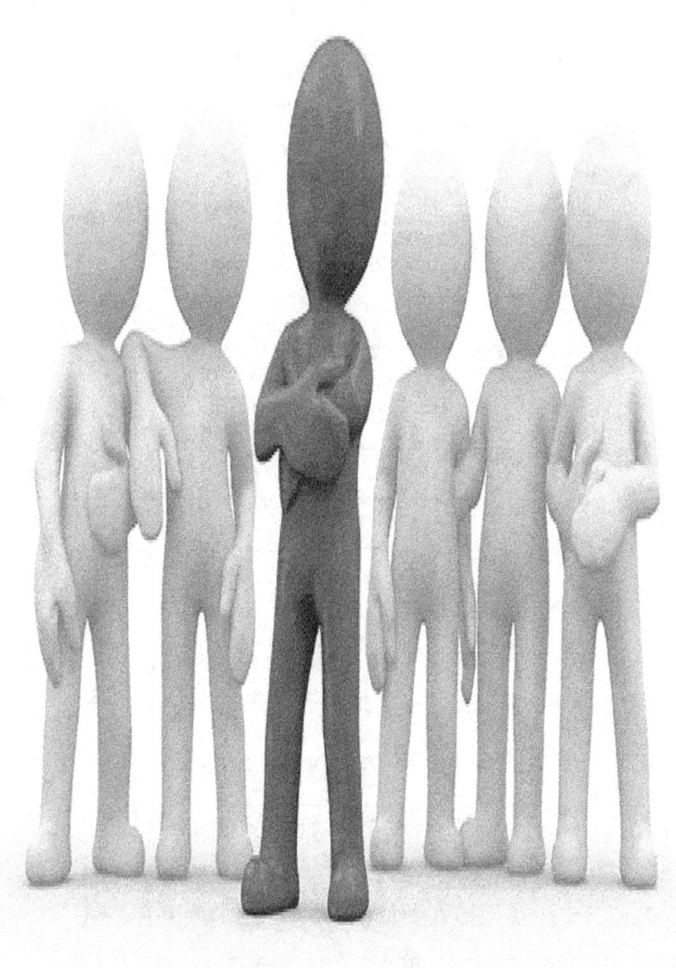

6. मेरा Personal experience मैंने इन गुणों को कैसे उपयोग किया अपनी टीम को बनाने के लिए:-

दोस्तों अगर आपको अपने लिए एक अच्छी टीम बनानी है, जो आपके साथ मिलकर बिज़नेस कर सके और आगे बढ़ सके तो सबसे पहले अपने आप को एक अच्छा इंसान बनाना पड़ेगा, अपने आप को एक बड़ा दिलवाला वाला इंसान बनाना पड़ेगा क्योंकि जब आप अपने लिए एक टीम बनाएंगे तो आपको बहुत सारे problem, challenges से भी गुजरना पड़ेगा, आप सब कुछ सही सही कर रहे भी होंगे जो मैंने आपके एक लीडर में क्या क्या गुण होने चाहिए में बताया है लेकिन उसके बाद भी लोग आपको छोड़ कर या दोष देकर जायेंगे लेकिन उन्ही में आप की सोच से कुछ लोग बिलकुल आपकी सोच की तरह होंगे जो लीडर होंगे, जिनकी आपको वास्तविकता में तलाश थी जो आपके कंधे से कन्धा मिलाकर चलेंगे। मेरा खुद का personal experience यही है दोस्तों की आपको अपने मन में हमेशा सकारात्मक बातें रखना है और लोगो को आगे बढ़ाने के बारे में सोचो की वो कैसे आगे बढ़ सकते है लेकिन आपको हमेशा उनके लिए role model बनके रहना होगा। कभी कभी या बहुत बार आप लोगो को उनके ग्रोथ के बारे में बोलोगे फिर भी उनकी तरफ से कोई जबाब नहीं आएगा इससे आपको परेशान नहीं होना है ये औसत का नियम है कहते है न की नेकी करो और कुए में डालो। आपको अपने टीम के साथ मिलकर ही काम करना होगा कभी कभी आपको उनको

रात में भी जाकर समझाना पड़ेगा, जो समय आप अपने माता पिता को देने वाले थे| ये सब भी करना पड़ेगा, ये सब भी एक तरह का इन्वेस्टमेंट है। कभी कभी लोगो को पैसे से भी हेल्प करनी पड़ सकती है, हाँ लेकिन सिर्फ उनको जो योग्य है, न की सबको। एक अच्छे लीडर होने के नाते आपको उनको रोजाना motivate, educate, long term thinking और भविष्य की योजना की बारे मे भी बात करनी पड़ेगी जिससे उनका दिमाग विकसित होगा और उनकी ग्रोथ ज्यादा होगी। कभी कभी अपनी टीम के साथ बैठकर भी योजना बनानी चाहिए, जिससे उनको भी ज्ञान हो सके की योजना कैसे बनाते है। जब आपकी टीम योजना बनाना सीख जायगी तो आपकी ग्रोथ कई गुना बढ़ जाएँगी। ये गुण भी एक लीडर को अपनी टीम में विकसित करना चाहिए। जब कभी भी आपकी टीम की performance ख़राब हो, attitude ख़राब हो, उदास हो तो जाके उनसे बात करनी चाहिए उनको inspire करना चाहिए, जिससे उनकी हिम्मत बढ़ेगी और जीवन मे आगे बढ़ पाएंगे। ये भी एक लीडर की investment है क्योंकि जब भी कोई guys किसी बड़ी मंजिल को पाने की कोशिश करेगा तो उसको समस्या आना स्वाभाविक है लेकिन एक लीडर की तरह उसको उस समस्या से निकालना आपका फ़र्ज़ है शायद कल वही लड़का आपसे बड़ा लीडर बनकर उभरे और आपका नाम भी रोशन करे|

- टीम वर्क : एक प्रेरणादायक कहानी

शेरा नाम का शेर जंगल के सबसे कुशल और क्रूर शिकारियों में गिना जाता था | अपने दल के साथ उसने न जाने कितने भैंसों, हिरणो और अन्य जानवरों का शिकार किया था .धीरे -धीरे उसे अपनी काबिलियत का घमंड होने लगा . एक दिन उसने अपने साथियों से कहा ..."आज से जो भी शिकार होगा , उसे सबसे पहले मैं खाऊंगा ...उसके बाद ही तुममे

से कोई उसे हाथ लगाएगा ." शेरा के मुंह से ऐसी बातें सुन सभी अचंभित थे ... तभी एक बुज़ुर्ग शेर ने पुछा ," अरे ...तुम्हें आज अचानक क्या हो गया ... तुम ऐसी बात क्यों कर रहे हो ..?", शेरा बोला ," मैं ऐसी -वैसी कोई बात नहीं कर रहा ... जितने भी शिकार होते हैं उसमे मेरा सबसे बड़ा योगदान होता है ... मेरी ताकत के दम पर ही हम इतने शिकार कर पाते हैं ; इसलिए शिकार पर सबसे पहला हक़ मेरा ही है ...'अगले दिन , एक सभा बुलाई गयी .अनुभवी शेरों ने शेरा को समझाया , " देखो शेरा , हम मानते हैं कि तुम एक कुशल शिकारी हो , पर ये भी सच है कि बाकी लोग भी अपनी क्षमतानुसार शिकार में पूरा योगदान देते हैं इसलिए हम इस बात के लिए राजी नहीं हो सकते कि शिकार पर पहला हक़ तुम्हारा हो ...हम सब मिलकर शिकार करते हैं और हमें मिलकर ही उसे खाना होगा ...”शेरा को ये बात पसंद नहीं आई , अपने ही घमंड में चूर वह बोला , " कोई बात नहीं , आज से मैं अकेले ही शिकार करूँगा ... और तुम सब मिलकर अपना शिकार करना ..”और ऐसा कहते हुए शेरा सभा से उठ कर चला गया।कुछ समय बाद जब शेरा को भूख लगी तो उसने शिकार करने का सोचा , वह भैंसों के एक झुण्ड की तरफ दहाड़ते हुए बढ़ा , पर ये क्या जो भैंसे उसे देखकर काँप उठते थे आज उसके आने पर जरा भी नहीं घबराये , उलटे एक -जुट हो कर उसे दूर खदेड़ दिया .शेरा ने सोचा चलो कोई बात नहीं मैं हिरणो का शिकार कर लेता हूँ , और वह हिरणो की तरफ बढ़ा , पर अकेले वो कहाँ तक इन फुर्तीले हिरणो को घेर पाता , हिरन भी उसके हाथ नहीं आये .अब शेरा को एहसास हुआ कि इतनी ताकत होते हुए भी बिना दल का सहयोग पाये वो एक भी शिकार नहीं कर सकता . उसे पछतावा होने लगा, अब वह टीम-वर्क की इम्पोर्टेंस समझ चुका था , वह निराश बाकी शेरों के

पास पहुंचा और अपने इस व्यवहार के लिए क्षमा मांग ली और एक बार फिर जंगल उसकी दहाड़ से कांपने लगा .

Friends, चाहे आप sports में हों, corporate world में काम करते हों , या कोई बिज़नेस करते हों ; team work की importance को समझना बहुत ज़रूरी है . Team का हर एक member important होता है और किसी भी goal को achieve करने में छोटा -बड़ा रोल play करता है. Naturally, सभी उँगलियाँ बराबर नहीं होती इसलिए team में भी किसी member का अधिक तो किसी का कम role होता है | पर यदि बड़ा योगदान देने वाले ये सोचें कि जो कुछ भी है उन्ही की वजह से है तो ये गलत होगा. इसलिए किसी तरह का घमंड करने की बजाये हमें सभी को importance देते हुए as a team player काम करना चाहिए.

इस कहानी में एक और बेहद ज़रूरी मैसेज है, वो है गलती का एहसास होने पर क्षमा माँगना. शेरा को जब अपनी गलती का एहसास हुआ तो उसने क्षमा मांग ली और एक बार फिर उसकी साख वापस लौट आई. अगर आपसे भी कभी कोई गलती हो जाए तो उसे Ego problem मत बनाइये और क्षमा मांग कर life को वापस track पर लाइए.

7. टीम कैसे हायर करें उसके लिए हमें क्या क्या ध्यान में रखना चाहिए -

दोस्तों अगर हमें टीम तैयार करनी है तो सबसे पहले इस फॉर्मूले को ध्यान में रखना चाहिए –

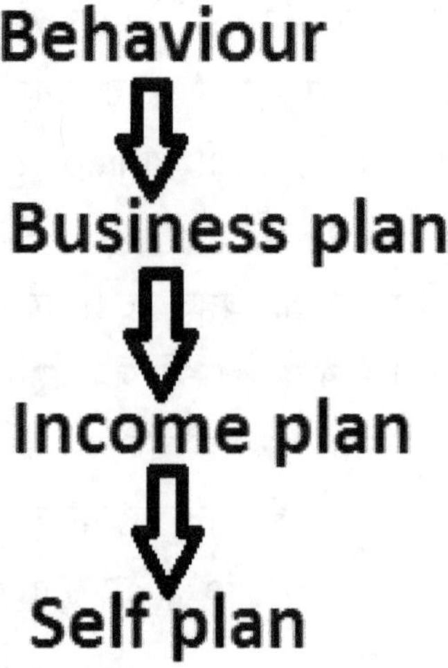

Behaviour is primary factor.

दोस्तों सबसे पहले हमारा व्यवहार अच्छा होना चाहिए| जिन लोगो का व्यवहार अच्छा नहीं होगा, लोग उनसे कभी नहीं जुड़ेंगे और अगर जुड़ भी गए तो लम्बे

समय तक आपके साथ नहीं रहेंगे। व्यवहार मतलब आप जो अपनी टीम के साथ अच्छे से व्यवहार कर रहे हो, टीम का ध्यान रख रहे

हो और उनकी और अपनी ग्रोथ के लिए योजना बना रहे हो। अच्छे व्यव्हार के साथ ही दोस्तों आपको अपनी टीम को, आपकी कंपनी का बिज़नेस प्लान अच्छे से समझाना है क्योंकि बहुत सारे लोगो को अपनी कंपनी की आधी अधूरी जानकारी होती है। जिससे वे पूरी मेहनत और ईमानदारी से काम नहीं कर पाते और टीम नहीं बना पाते और फिर काम को छोड़ देते है इसलिए अगर हमें एक अच्छी टीम तैयार करनी है तो हमें सबसे पहले खुद और फिर अपनी टीम को कंपनी में कैसे प्रमोशन होगी ये सिखाना बहुत जरुरी होता है जिससे वे तन मन लगाकर ईमानदारी से काम कर सके।

दोस्तों जब हम अपने टीम के लोगो को व्यवहार और कंपनी के बिज़नेस प्लान के बारे में बता चुकें हैं तो इसके बाद अपने टीम के हर सदस्य को कंपनी के इनकम प्लान के बारे में जानकारी जरूर देनी चाहिए क्योंकि एक टीम के सदस्य को आगे लाने के लिए इनकम प्लान बहुत बड़ा role अदा करता है, हमें अपने टीम के सदस्यों के साथ ये बात जरूर शेयर करनी चाहिए कि हम किस, किस लेवल पर कितना पैसा कमा सकते है और किस लेवल तक ग्रोथ कर सकते है।

दोस्तों जब ये सब चीजे आपने अपनी टीम को क्लियर कर दिया कि वयवहार कैसा होना चाहिए, कंपनी का बिज़नेस प्लान क्या है, कंपनी का इनकम प्लान क्या है। उसके बाद अपनी टीम से खुद का प्लान शेयर करना है कि आपका अपना खुद का क्या प्लान है क्योंकि जब आपका खुद का प्लान क्लियर होगा तभी आपकी टीम आपके साथ जुड़कर काम करेगी। हमेशा याद रहे, अपनी ड्रीम टीम बनाने के लिए टीम से कभी कुछ छुपाओ मत जितना हो सके कंपनी के प्लान को उतना प्रमोट करो ऐसा करने से टीम में जान आती है और टीम पूरी मेहनत और लगन से काम करती है। दोस्तों टीम को हायर करने के लिए आपने अंदर उत्साह

का होना बहुत जरूरी है क्योंकि कहते है न कि बिना उत्साह के जिंदगी में कोई भी बड़ी चीज हासिल नहीं कर सकते है। उत्साह दिल से होना चाहिए क्योंकि ऊपरी उत्साह आगे चलकर नुकसान ही करता है।

दोस्तों अगर हमें एक अच्छी टीम तैयार करनी है तो हमारी तैयारी होना बहुत जरुरी होता है जैसे हमारी वेशभूषा, हमारे योजना बनाने का तरीका, हमारी सोच का बहुत अच्छा होना जरुरी है। office में हमेशा role model बनकर काम करना क्योंकि आप आपने ऑफिस में role model बनकर काम नहीं करेंगे तो लोग आपको फॉलो नहीं करेंगे क्योंकि जो role model होता है उसकी टीम हमेशा उसके साथ काम करना चाहती है। एक अच्छी टीम को हायर करने के लिए आपको अपनी टीम को समय समय पर बिज़नेस के बारे में जानकारी देनी चाहिए जिससे आपके टीम के लोग हर प्रकार के भ्रम से बच सके। सबसे बड़ा तथ्य जो महत्वपूर्ण है टीम को हायर करने का वह यह है कि आपने खुद के mindset को तैयार कर रखा है कि मुझे अपनी एक ड्रीम टीम तैयार करनी है क्योंकि सारी कहानी आपसे ही शुरू होती है|

कुछ टिप्स जो आपको ध्यान में रखने है –

a) सबसे पहले आपको मानसिक और शारीरिक तरीके से अपने आपको तैयार रखना है कि मुझे एक टीम तैयार करना है।

b) How to build relationship in field –

जब हम किसी बन्दे को field में लेकर जाते है तो उसका कुछ दिनों तक ध्यान रखना चाहिए जैसे वो थक तो नहीं रहा, उसको आपके साथ comfort feel हो रहा या नहीं, उसकी तारीफ भी करनी चाहिए और अपने पुराने दिन को लेकर relate करना चाहिए, जिससे वो आपके साथ अच्छा महसूस कर सके क्योंकि जब वो आपके साथ अच्छा महसूस करेगा तभी वो आपके साथ जुड़ेगा और आपके साथ काम करेगा।

(C) पूरे दिन क्या क्या ध्यान रखना है, जब आप टीम बना रहे हो –

जब हम किसी नए लड़के को अपना बिज़नेस दिखाने के लिए लेके जाते है तो हमें कुछ बातों का ध्यान रखना होगा जैसे हमे उसके सामने अपने बिज़नेस को साधारण तरीके से दिखाना है उसे ये नहीं लगना चाहिए की ये बहुत कठिन है या उससे नहीं होगा, ये चीज आप अपने काम करने के तरीके से समझा सकते हो। जब लड़का पूरे दिन आपके साथ रहता है तो पूरे दिन सिर्फ अपने बारे में ही बात नहीं करनी है इससे वो लड़का बोर हो जायेगा और आपके साथ सहज महसूस नहीं करेगा और आपको छोड़ देगा | लड़के से हमेशा उसके बारे में बात करे पहले वो क्या करता था, उसके परिवार के बारे में बात करो, जिससे लड़का आपके साथ सहज महसूस करेगा और वो आपके साथ काम भी करेगा और हो सकता है लम्बे समय तक करे ।

(d). मेरा personal experience मैंने टीम को हायर करने में क्या क्या ध्यान में रखा –

दोस्तों जैसे मैंने आपको पहले ही बताया की जब मैं सेल्स और बिज़नेस के लाइन में आया था तब मुझे sales कैसे करनी है, कैसे टीम बनानी है, ये भी नहीं आता था और उनसे बिज़नेस कैसे करवाना है, ये भी नहीं आता था | ये सब कुछ मैंने सही सिस्टम और सही कंपनी की जानकारी लेके और प्रयास करके सीखा, गलतिया हुई, लेकिन लगातार पूरी मेहनत और लगन से काम करता चला गया,एक सही mindset का उपयोग करके और आज मुझे दोनों ही चीजे आती है |

दोस्तों मैं जब भी किसी नए बन्दे को लेके जाता था तो उसको मैं सब कुछ बताता था जो मुझे अपनी कंपनी में अच्छी लगती थी और कितना बताना है ये भी ध्यान रखता था क्योंकि हर बन्दे की कैपेसिटी अलग अलग होती है | पुरे दिन मैं उन्हें एक दोस्त, भाई, बहन की तरह

रखता था और उसके बारे में की वो पहले क्या क्या करता था , घर मैं कौन कौन लोग है और वो क्या क्या करते है, ये सब बातें करता था जिससे वो लड़का अपने आपको मेरे साथ सहज महसूस करता था और उसे अच्छा भी लगता था | मैं उसे वो सब कुछ बताता था जो मुझे आता था और सच्चे दिल से ये सोचता था की अगर उसका चयन हुआ तो हम दोनों मिलकर अच्छे से काम करेंगे और सफल भी होंगे और जब वो हायर होता था तब हम उसे ईमानदारी से सिखाते थे | पर ऐसा करने के बाबजूद भी सब लोग आपके साथ काम नहीं करेंगे लेकिन कुछ लोग पक्का आपके साथ काम करेंगे जो आगे चलकर लीडर बनेगे और वैसे भी कौन सा हमें सब को हायर करना है ये औसत का नियम है | मैंने अपने टीम के हर बन्दे के साथ एक जैसा रिश्ता रखा अगर किसी का काम खराब हो रहा है तो उसकी सहायता की और उसे दोबारा सिखाया जिससे वह अपना बिज़नेस कर पाया | बहुत सारे लोग गलती करते है की अगर लड़का एक बार हायर हो जाये तो उसके बाद उस पर ध्यान नहीं देते है, जिससे वो लड़का मिस हो जाता है तो ऐसा आपको नहीं करना है |

8. मेरा व्यक्तिगत अनुभव कभी परेशान नहीं होना –

दोस्तों ये बात हमेशा ध्यान रखनी है – Don't be upset (It is self created).

दोस्तों हम सबको पता है की सेल्स और बिज़नेस में बहुत ज्यादा आगे बढ़ने का मौका होता है और हम सबके सपने भी बहुत बड़े होते है| हम ही सोचते है की हमारे पास अच्छा खासा बैंक बैलेंस होना चाहिए, एक luxury गाड़ी होनी चाहिए, एक अच्छा सा घर होना चाहिए, विदेश यात्रा भी हम करना चाहते है| लेकिन हम सब को पता है की एक साधारण नौकरी करके हम कभी भी ये पूरा नहीं कर सकते है | अगर हमें ये सब सपने पूरे करने है तो हमें व्यापार के क्षेत्र में आना ही पड़ेगा क्योंकि व्यापार ही एक ऐसा क्षेत्र है जहाँ आप सारे सपने पूरे कर सकते है | लेकिन जो सबसे बड़ी चुनौती आती है कि हमें व्यापार करना आता नहीं है, पर हम सबने कही न कही से ये जरूर पढ़ा है कि अगर आपको बिज़नेस करना नहीं आता है तो बिज़नेस करना सीखा जा सकता है | जब हम बिज़नेस करना सीखते है तो बहुत सारी चुनौती आती है, जिनका हमें सामना करना पड़ता है और कभी कभी ऐसा लगता है कि हमारे बस का नहीं है तो हम सारे सपने भूल जाते है और बिज़नेस को छोड़ देते है | दोस्तों मैं ये कहना चाहता हूँ, कि आपको बड़ा सपना देखने के लिए किसने बोला था आपकी बहन ने, भाई ने,पापा-मम्मी ने,चाचा-चाची ने शायद इनमे से किसी ने भी नहीं बोला होगा | इतना बड़ा सपना देखने

का मन आपका हुआ था और बिज़नेस करने का मन भी आप का ही हुआ था, जब ये सारे निर्णय हमारे ही थे तो समस्या किस बात कि | अगर हमें कुछ बड़ा हासिल करना है तो हमें बड़ी चुनोतियो का सामना करने कि हिम्मत भी रखनी चाहिए क्योंकि एक luxury कार, एक बड़ा सा घर, विदेश यात्रा ये सब आपने ही सोचा था तो समस्या भी आपको ही आएँगी | लेकिन दोस्तों हमेशा ध्यान रखना समस्या चाहे जितनी ही बड़ी क्यों न आ जाये अपने सपनो पर विश्वास करना क्योंकि सपने सच जरूर होते है, बस आपको लगातार एक सही दिशा में मेहनत करनी है और अपने सपने को पूरा होते हुए देखना है | दोस्तों ये समस्या सबके साथ आती है कुछ लोग टूट जाते है और कुछ लोग थोड़ी सी हिम्मत करके आगे बढ़ जाते है | इसलिए जब कभी भी आप उदास हो तो ये सोचें कि ये निर्णय आपका था और आपको ही इसे पूरा करना है |

9. हमें अपनी टीम को क्या क्या सिखाना होता है?

a. Good attitude (अच्छी सोच) - दोस्तों हमें अपने टीम के लोगो की अच्छी सोच विकसित करनी चाहिए क्योंकि आगे बढ़ने के लिए सोच का बहुत बड़ा योगदान है |

b. Be enthusiastic (उत्साहित बनो) - हमें अपने टीम के अंदर जूनून का प्रशिक्षण जरूर देना चाहिए क्योंकि अगर आपके अंदर जोश है तो कोई भी काम आप अच्छे से कर सकते है |

c. Get trainee involved in the office (ऑफिस में ट्रेनी को शामिल करो) - अपनी टीम के लोगो को ऑफिस के सारे काम, नियम सब कुछ सिखाने चाहिए कि ऑफिस कितने बजे आना है, ऑफिस का माहौल कैसे बनाना है इत्यादि |

d. No negative talk (कोई नकारात्मक बात नहीं) - दोस्तों अपनी टीम को हमेशा सकारात्मक सोचने का प्रशिक्षण देना चाहिए, नकारात्मक चीजों से, नकारात्मक माहौल से, नकारात्मक बात करने वालो से दूर क्यों रहना है ये भी सिखाना चाहिए| अपनी टीम के लोगो के साथ कभी भी व्यक्तिगत समस्या नहीं बाटनी चाहिए |

e. System training (system सिखाओ) - दोस्तों अपनी टीम के लोगो को हमेशा सिस्टम का प्रशिक्षण देना चाहिए, सिस्टम में काम करने के फायदे बताने चाहिए क्योंकि जो ट्रेनर अपनी टीम को सिस्टम सिखाता है वो हमेशा अच्छा बिज़नेस करता है |

f. Discuss opportunity and benefits (अवसर और लाभ पर चर्चा करें) - दोस्तों अपनी टीम को हमेशा कंपनी में क्या अवसर है और उससे क्या फायदा होगा ये जरूर बताना चाहिए | इससे लोग अपना काम अच्छे से करने की कोशिश करेंगे और ये अवसर और उसके लाभ हर दूसरे दिन लोगो को बताने चाहिए, जिससे कि ये बात उनके अवचेतन मन में पहुंच जाये |

g. Train until they work (जब तक वो काम करे तब तक सिखाओ) - दोस्तों हमें अपनी टीम को बिज़नेस के क्षेत्र में अच्छे से प्रशिक्षण देना चाहिए चाहे वो सेल्स में हो, टीम हो, या फिर ऑफिस कार्य के बारे में और तब तक सिखाना चाहिए जब तक वो सीख नहीं जाते, उनसे परेशान नहीं होना है क्योंकि शायद कल वही बंदा आपका right hand या left hand हो सकता है | दोस्तों हमेशा एक बात का ध्यान रखना जिन लोगो को मैंने सपना दिखाया है इस बिज़नेस में उन लोगो कि सहायता करना एक लीडर कि जिम्मेदारी होती है क्योंकि एक लीडर या ट्रेनर सिर्फ वो व्यक्ति नहीं होता जो हमें सेल्स करना, टीम बनाना या सिस्टम सिखाता है, ट्रेनर इन सब चीजों से बढ़कर होता है |

10. टीम को आगे तक कैसे लेके जाये?

दोस्तों जब हम टीम को हायर कर लेते है तो मन में एक प्रश्न आता है कि अपनी टीम को आगे कैसे लेके आना है क्योंकि दोस्तों टीम बहुत सारे लोग हायर कर लेते है, लेकिन एक टीम को आगे तक लेके जाना भी जरूरी होता है तो चलिए बात करते है कि टीम को आगे तक कैसे लेके जाना है - टीम कि retraining अच्छी करनी है जिससे उनका मनोबल बढ़ जाये, उसे ऐसा महसूस हो कि अब वह बहुत अच्छा कर सकता है |

टीम को हमेशा इस तरह से सिखाओ – Average in sales + Average in hiring = Become a successful person.

दोस्तों मैंने ऐसा इसलिए बोला क्योंकि कुछ लोग सेल्स तो बहुत अच्छा कर लेते है पर वो किसी को सीखा नहीं पाते और कुछ लोग ऐसे होते है जो अपने व्यवहार से लोगो को तो हायर कर लेते है लेकिन सेल्स करने का गुण नहीं होता है| इन दोनों ही मामलो में आपकी टीम आगे नहीं बढ़ पायेगी, आपकी टीम के लोगो में हमेशा होना चाहिए कि वो औसत सेल्स भी कर ले और औसत टीम भी हायर कर ले | एक बात हमेशा ध्यान में रखना जब भी कोई काम आप दिल से करोगे तो आपका आगे बढ़ना निश्चित होगा | अगर आप अपनी टीम को आगे लेके जाना चाहते हो तो आपको अपनी वेशभूषा पर खर्च करना होगा क्योंकि आपकी टीम आपको देख रही हैं |आपको एक अच्छा श्रोता भी बनना है और अपनी टीम के लोगो को बोलने का मौका भी देना है जिससे आपका रिश्ता और भी मजबूत होगा |

दोस्तों अगर आप अपनी टीम को आगे लेके जाना चाहते हो तो अपनी टीम से एक पार्टनर की तरह व्यवहार करना चाहिए, कुछ लोग अपनी टीम के साथ गुलाम की तरह व्यवहार करते है, जो की एक गलत तरीका है| जिससे उनकी टीम उनको छोड़ कर चली जाती है | अपनी टीम में सबको बराबर की नजर से देखना चाहिए| एक लीडर का सबसे बड़ा काम होता है अपने टीम के लोगो के लिए ऐसा माहौल बनाना जहाँ वे एक दूसरे से आगे बढ़ने की बातें कर सके एक दूसरे की सहायता कर सके | एक अच्छा लीडर जब टीम से कोई काम करवाता है तो उसे धन्यवाद जरूर देता है | जिससे उनके बीच में एक रेस्पेक्ट पैदा होती है और मिलकर मन लगा कर काम करते है | एक अच्छा लीडर अपने लोगो की ग्रोथ के लिए समंय निकालता है और उन पर इन्वेस्ट करता है | वह अपना व्यक्तिगत समय भी जरुरत पड़ने पर टीम पर खर्च करता है जिससे टीम पर अच्छा प्रभाव पड़ता है| एक अच्छा लीडर लचीला भी होता है, वो अपनी टीम के हर बन्दे के हिसाब से अपने आप को ढाल लेता है इससे टीम के लोग भी सहज महसूस करते है और आगे बढ़ पाते है| एक अच्छा लीडर अपनी टीम के लोगो के स्वास्थ के बारे में भी ध्यान रखता है और उनको खुश रखता हैं क्यूंकि उसको पता है की अगर टीम स्वस्थ व् खुश रहेगी तभी टीम आगे बढ़ेगी |

टीम को आगे तक ले जाने का सबसे अच्छा तरीका है, वो यह है –

Core team + Culture + Direction (vision, goal)

पहला - अगर आपको लम्बे समय तक बिज़नेस करना है तो आपकी core team बहुत अच्छी होनी चाहिए, मतलब आपके 5 - 6 मुख्य लीडर जो की बिलकुल आपके जैसे हो | core team बनाने के लिए आपको अपनी टीम के साथ समय बिताना चाहिए, उनसे बातचीत करनी चाहिए, उनके

आगे बढ़ने के बारे में और आपको अपनी टीम के लोगो का ध्यान भी रखना चाहिए|

Building core team-

    (a) Spend time

    (b) Sacrifice

    (c) Talk with them

    (d) Focus

दूसरा - अपनी टीम का माहौल अच्छा होना चाहिए | माहौल ऐसा होना चाहिए जहाँ लोग एक दूसरे को motivate करें, एक दूसरे का आदर करें, एक दूसरे से अच्छा व्यवहार करें | इससे जब भी कोई नया लड़का आपकी टीम में शामिल होगा उसे वहां का माहौल अच्छा लगेगा और वो भी आगे बढ़ेगा |

तीसरा - जो सबसे ज्यादा महत्वपूर्ण होता है की आपकी टीम की दिशा क्या है, टीम किस विज़न या लक्ष्य के साथ काम कर रही है क्यूंकि अगर टीम का विज़न और लक्ष्य साफ़ नहीं होगा तो टीम आगे चलकर असफल हो जाएगी और आपकी सारी मेहनत बेकार हो जाएगी |

राम प्रताप सिंह

11. लक्ष्य क्या होते है और लक्ष्य बनाना क्यों जरुरी होता है?

दोस्तों लक्ष्य हमें एक दिशा देते है, एक focus देते है | एक व्यक्ति जो बिना गोल और लक्ष्य बनाये काम कर रहा होता है वो वैसा ही है की एक तीरंदाज हवा में तीर मार रहा है | जो लोग लक्ष्य बना के काम करते है उनकी परफॉरमेंस कई गुना बढ़ जाती है | लक्ष्य बनाकर जब हम काम करते है तो लक्ष्य हमें आगे बढ़ने के लिए inspire करते है | और दोस्तों हमें जो गोल बनाने होते है वो सच्चे गोल बनाने होते है | सच्चे लक्ष्य मतलब की उनकी समय सीमा सही तय होना चाहिए | ये नहीं होना चाहिए की 2 महीने में मैनेजर बनना है और एक साल में vice president बनना है |

(a). लक्ष्य के प्रकार -   लक्ष्य तीन प्रकार के होते है |

(a)   Short term goal

(b)   Mid term goal

(c)   Long term goal

• Short term goal कुछ दिनों से लेकर कुछ हप्तो तक का होता है |

• Mid term goal कुछ हप्तों से लेकर कुछ महीनो तक का होता है |

• Long term goal कुछ महीनों से लेकर कुछ सालों तक का होता है |

(b). मैंने कैसे लक्ष्य सेट किया एक अच्छी टीम बनाने के लिए मेरा व्यक्तिगत अनुभव -

जब मैंने बिज़नेस और सेल्स के क्षेत्र में कदम रखा था तो मुझे बिज़नेस का a b c d भी नहीं पता था | लेकिन मेरे ट्रेनर ने मेरी सहायता की बिज़नेस सिखने में , सेल्स करने में और टीम को built करने में | मेरे ट्रेनर ने जो सबसे अच्छी चीज मेरे साथ किया की उन्होंने मुझे छोटे छोटे लक्ष्य बनाकर उसको achieve करने के लिए मोटीवेट किया | पहले उन्होंने मुझे सिस्टम सिखाया, लोगो से बात करना सिखाया, फिर बोले जाओ और फील्ड में जाकर अभ्यास करो | उन्होंने मुझे एक लक्ष्य दिया की राम आप अभी trainee हो और दो सप्ताह में आपको एक अच्छा ट्रेनर बनना है और उसके लिए तुम्हे ये सब गुण अपने अंदर विकसित करने होंगे | मैंने डेली मेहनत की और तीसरे सप्ताह में trainer level achieve किया | उसके लिए मैंने सिस्टम पर जोर दिया, मैंने काम करने के तरीके पर जोर दिया, फिर मेरे ट्रेनर ने मुझे mid term goal दिया की राम अब आपको trainer से Assistant Manager बनना है और उसका Criteria भी दिया | मैंने इस लेवल को पाने के लिए अलग अलग planning की, की कैसे Assistant Manager के लेवल तक पहुंचा जाये | उसके लिए अपनी टीम के साथ मीटिंग की, उनकी retraining की, उनको उनके लक्ष्य तक पहुँचने में सहायता की और उनके short term goal को पूरा करवाया | फिर जब मेरा Assistant Manager criteria पूरा हुआ तो मेरे ट्रेनर ने long term goal को अचीव करने के लिए inspire किया | अपनी मेहनत से मैंने उस लेवल को भी अचीव किया और owner बना | लेकिन इस लेवल तक पहुँचने के लिए छोटे छोटे लक्ष्य बनाये और उसको पूरा किया | आप लोग भी अपने छोटे छोटे लक्ष्य बनाकर अपने लक्ष्य को पा सकते है |

- अपने लक्ष्य कैसे पाएः एक प्रेरणादायक कहानी

एक दिन एक लड़की अपने पिता के साथ driving के लिए बाहर निकली। रास्ते मे गाड़ी चलाते वक़्त तूफान आ गया, लड़की घबरा गयी। उसने गाड़ी को किनारे पर लगाकर रोक लिया और उसने अपने पिता से पूछा पिता जी अब क्या करे। पिता जी ने कहा गाड़ी चलाते रहो। लड़की ने गाड़ी दोबारा शुरू की और आगे चल पड़ी। तूफान ओर भयंकर होता जा रहा था। तभी लड़की ने दोबारा पिता जी से कहा, पापा अब क्या करू। उनके पिता जी ने दोबारा वही जवाब दिया गाड़ी चलाती रहो। तभी वह गाड़ी चलाती रही। कुछ दूरी पर जाकर उसने देखा की बाकी गाड़ी वालों ने अपनी गाड़ी सड़क के किनारे रोक ली और तूफान के रुकने का इंतजार करने लगे। उस लड़की ने भी यह सोचा की उसे भी गाड़ी रोक लेनी चाहिए, उसे आगे का कुछ साफ दिखायी नहीं दे रहा था उसने अपने पिता से कहा की तूफान भयंकर होता जा रहा है सभी ने अपनी गाड़ी रोक ली है हमे भी रोक लेनी चाहिए लेकिन उसके पिता ने कहा की हार मत मानो गाड़ी चलाना मत छोड़ो। लड़की ने अपने पिता से पूछा क्यो पिता जी। तूफान भयंकर होता जा रहा था और कुछ साफ नहीं दिख रहा था। लड़की भी डरते सहमते आगे बढ़ती रही जल्द ही उसे कुछ साफ साफ दिखायी देने लगा और कुछ आगे जाने पर सब कुछ दिखने लगा तूफान पीछे छूट गया और वह तूफान से बाहर निकल आए। मौसम साफ हो गया और आसमान मे सूरज भी चमकने लगा। लड़की के पिता ने कहा अब तुम गाड़ी रोको और बाहर निकलो। लड़की ने अपने पापा से पूछा क्यो पिता जी। तब पिता ने जवाब दिया की जब बाहर निकल कर पीहे मूड कर तुम देखोगी की वह सभी लोग जिन्होने गाड़ी चलाना छोड़ दी और रुक गए वह अभी भी तूफान मे फंसे हुए है लेकिन तुमने गाड़ी

चलाना नहीं छोड़ा और तुम्हारा तूफान अब खत्म हो चुका है। आगे का रास्ता सुखद बिता और वह अपनी मंजिल पर पहुच गए।

इस कहानी के द्वारा यह संदेश देने की कोशिश की गयी है की जब कठिन परिस्थितियो आती है तो कई लोग अपना काम छोड़ने को मजबूर हो जाते है। वह सही वक़्त आने का इंतज़ार करते है और भगवान भरोसे बैठ जाते है। लेकिन जो लोग कठिन परिस्थितियो मे भी आगे बढ़ते रहते है वह रास्ते मे आने वाले तूफानो के बावजूद अपनी मंजिल पा लेते है। भले ही मंजिल पाने मे देर लग जाए लेकिन अपने लक्ष्य के प्रति लगातार समर्पित रहे, उसमे लगे रहे और आगे बढ़ते जाए। भले ही आप असफल हो लेकिन लक्ष्य(Goals) को मत छोड़िए। असली असफलता तो तब होती है जब हम अपने लक्ष्य(Goals) को छोड़ देते है। जो अपना लक्ष्य(Goals) पाना चाहते है उनके लिए असफलताए केवल अस्थायी है और अपने लक्ष्य के प्रति समर्पित रहने के कारण वे एक दिन अपने लक्ष्य को पा लेते है इसलिए लगे रहे डटे रहे।

12. अगर आप एक अच्छी टीम बनना चाहते है तो कुछ चीजे आपको जरूर अपनानी होंगी अपने व्यवहार में मेरा व्यक्तिगत अनुभव –

दोस्तों अगर हमें बिज़नेस में या जीवन में आगे बढ़ना है तो कुछ चीजे अपने व्यव्हार में जरूर अपनानी चाहिए तभी आप अच्छा बिज़नेस कर सकते है |

Talk – softly	Walk – Humbly
Eat – Sensibly	Breath – Deeply
Sleep – Sufficiently	Dress – Smartly
Act – Fearlessly	Work – Patiently
Think – Truthfully	Believe – Correctly
Behave – Decently	Learn – Practically
Plan – Orderly	Earn – Honestly
Save – Regularly	Spend – Intelligently

ये सारी सरल आदतें है जिनको अप्लाई करके हम जिंदगी के किसी भी मुकाम तक पहुंच सकते है लेकिन दोस्तों 90 % से ज्यादा लोगो के पास ये आदतें विकसित नहीं होती है लेकिन आप कोशिश करेंगे तो जरूर विकसित हो सकती है।

13. Closing back door- आपको अपना 100 % देना होगा मेरा व्यक्तिगत अनुभव –

दोस्तों जीवन में अगर आगे बढ़ना है तो हमें इस बात को अच्छी तरह से समझना पड़ेगा कि हमें सब कुछ छोड़कर केवल एक काम पर फोकस करना होगा पूरी ईमानदारी से मेहनत करना होगा नहीं तो जीवन में हम न यहां के होंगे न वहा के। कहते है कि लेन्स से सूरज कि रौशनी को उपयोग करके अख़बार को जलाया जा सकता है, ये सच बात है लेकिन फोकस होने पर। अगर हमने सूरज कि रौशनी को लगातार सूरज पर नहीं पड़ने दिया तो पूरी जिंदगी लग जायगी लेकिन फिर भी अख़बार नहीं जलेगा। इसी तरह अगर हमें जिंदगी में आगे बढ़ना है तो हमें सब कुछ भूलकर किसी काम को फोकस होकर करना पड़ेगा इससे आपको सफलता जल्दी मिलेगी।

दोस्तों आपको बिज़नेस के आलावा आपकी जो भी समस्या है उसको अलग रखना होगा, उसको अपने बिज़नेस में शामिल नहीं रखना है। बिज़नेस में आगे बढ़ना है तो किसी नकारात्मक स्थिति को सकारात्मक स्थिति में कैसे बदलना है वो आपको पता होना चाहिए क्योंकि बिज़नेस में हर कदम पे आपको समस्याओ का सामना करना पड़ेगा। दोस्तों आपको जीवन में आगे बढ़ना है तो जो भी अपने लक्ष्य बनाया है उस पर आपको टिकना है क्योंकि अगर आप कोई लक्ष्य बना कर उस पर टिक नहीं सकते तो आप अपने लक्ष्य को पा भी नहीं सकते हो, हमेशा अपने पीछे जो भी किया है उसे भूल कर हमेशा अपने भविष्य

के बारे में सोचना चाहिए| जिससे आपको अपना लक्ष्य पाने में आसानी हो। दोस्तों अगर अपने अपना लक्ष्य तय कर लिया है तो उस पर फोकस करना है उससे नजरें नहीं हटानी है क्योंकि अगर आप उस लक्ष्य से अपनी नजरे हटाएंगे तो आपको सिर्फ समस्या ही नजर आएगी। दोस्तों अगर आपको सफल होना है तो अपने अंदर इतनी हिम्मत तो रखनी पड़ेगी कि असफल होने के बाद भी दुबारा शुरू कर सको। हमेशा जब भी कोई समस्या आये तो हमेशा अपने भविष्य को लेकर योजना बनाना चाहिए क्योंकि भविष्य में आप अपना बहुत सारा समय बिताने वाले हो। आपके पास आज जो भी समस्या आ रही है उसे stepping stone समझना जो आपको एक दिन आपके बिज़नेस में ऊपर लेके जायगी। दोस्तों हमेशा एक बात ध्यान रखना कि आप अपने भविष्य के निर्माण करता हो आप जैसा भविष्य अपने लिए बनाना चाहोगे वैसा भविष्य आपका बनेगा। आखिरी में मैं आपसे सिर्फ एक ही बात कहना चाहूंगा कि अपने जो भी काम अपने लिए चुना है उसे पूरी ईमानदारी से बिना शक किये पूरी तांकत से पूरा करने कि कोशिश करो, भगवान जरूर आपको आपका लक्ष्य पाने में हिम्मत देंगे।

14. एक अच्छी टीम कैसे बनाये?

दोस्तों हर लीडर चाहता है कि जो उसने टीम बनायीं है वो दुनिया कि सबसे बेस्ट टीम हो क्योंकि दोस्तों लोग टीम तो बना लेते है लेकर आगे चलकर उस टीम का buiness umpire नहीं खड़ा कर पाते है तो चलिए दोस्तों हम बात करते है कि कैसे हम एक अच्छी और performance oriented टीम तैयार कर सकते है।

A) Goal oriented (लक्ष्य निर्धारित करो)–

जब हम टीम को तैयार कर रहे होते है तो हमें अपने टीम के लोगो के बारे मे पूरी जानकारी इकट्ठा कर लेना होती है कि हमारे टीम के सदस्यों को क्या motivate करता है जैसे कुछ लोग पैसे देखकर, कुछ लोग life style देख कर motivate होते है। जब हमें ये पता चल जाये तो हमें अपनी टीम को एक दिशा देनी होती है कि उनके लिए short term goal क्या है, mid term goal क्या है, और long term goal क्या है। जब उनके लक्ष्य तय कर लेते है तो उनको एक एक करके कैसे हासिल करना है उसके लिए सलाह देता है और जब वो लक्ष्य को पाने के लिए मेहनत करते है तो जाहिर सी बात है उन्हें परेशानी भी आ रही होगी, सकारात्मक, नकारात्मक दोनों बातों का सामना भी करना पड़ सकता है तो हमें उन्हें inspire करना होगा उन्हें हिम्मत देनी होगी। उन्हें उनके भविष्य का लक्ष्य दिखाकर inspire करना होगा क्योंकि ये सबके साथ होता है पर आपके द्वारा बनाया गया लक्ष्य उनको motivate करता है।

B) व्यवहार अच्छा होना चाहिए -

दोस्तों सदा ध्यान रखना चाहिए कि अगर आप एक टीम बनाना चाहते है तो आपका व्यवहार आपकी टीम के प्रति अच्छा होना चाहिए। चाहे वो रिश्ता बिज़नेस से सम्बंधित हो या व्यक्तिगत हो। जब आपकी टीम अपने अपने लक्ष्य पाने के लिए काम करेगी तो उनको बहुत सारी समस्याओ का सामना करना पड़ेगा, उस समय आपको लीडर के रूप में आकर उनकी सहायता करनी पड़ेगी, उनको एक सही रास्ता दिखाना पड़ेगा, हिम्मत देनी पड़ेगी। आपको अपनी टीम के हौसलों को भी बढ़ाना पड़ेगा। जब हम किसी बड़े लक्ष्य के लिए मेहनत करते है तो हमें कई कठिनाइयों का सामना करना पड़ता है। जब आपके टीम के लोगो को आपकी जरुरत पड़े तो आपको हमेशा उनकी सहायता के लिए तैयार रहना चाहिए क्योंकि दुनिया में हर कोई एक बड़ी चीज का हिस्सा होना चाहता है।

C) Role model बनना पड़ेगा -

दोस्तों अगर आप अपनी एक स्ट्रांग टीम बनाना चाहते है जो लम्बे समय तक अच्छा काम करे तो इस के लिए सिर्फ एक ही तरीका है role model बनना। आप role model बनकर ही अपनी टीम को motivate कर सकते है। जो लीडर अपनी टीम के सामने role model बनकर रहता है उसे ज्यादा किसी को समझाने कि जरुरत नहीं होती उसके काम से ही उसकी टीम inspire होती है क्योंकि कहते है न "Action speaks louder than words."अपनी टीम को सिखाने का सबसे आसान तरीका है अपनी टीम के लिए role model बन जाना। जब आप अपनी टीम के लिए role model बनते है तो लोग दिल से आपका सम्मान करते है। उनको सम्मान करने के लिए बोलने कि जरुरत नहीं पड़ती है। एक लीडर का हमेशा ये काम होना चाहिए कि वो अपनी टीम के सामने success picture बनाये यानि कि वो अपनी टीम में विश्वास भर सके कि सब सफल होंगे और अपने सपनो को पूरा करेंगे।

D) Extra effort लगाने पड़ेंगे -

दोस्तों कहते है न कि सब लोग अपने जीवन में मेहनत करते है लेकिन सब लोग सफल नहीं होते उसके पीछे सबसे बड़ा कारण होता है, जो लीडर अपनी टीम को develop करने के लिए बिज़नेस को आगे बढ़ाने के लिए extramile करता है दुसरो के मुकाबले वही जीवन में आगे बढ़ता है। अगर हमें अपनी टीम को सिखाने में रविवार को भी काम करना पड़े तो जाना चाहिए, रात में भी काम करना पड़े तो करना चाहिए क्योंकि बिज़नेस और टीम पर आप जितना ज्यादा इन्वेस्ट करेंगे उसके बदले में उसका परिणाम बहुत बड़ा मिलता है| हमें अपनी टीम को विकसित करने के लिए extra curricular activities जैसे खेल प्रतियोगिता भी करनी चाहिए जिसको जीतने के लिए वो मेहनत करे, इससे उनका दिमाग भी विकसित होता है और वो आगे भी बढ़ते है। एक लीडर को हमेशा ये भी ध्यान रखना चाहिए कि उसके टीम के किसी सदस्य का बिज़नेस ठीक नहीं चल रहा है तो उसको पैसो से भी मदद करे, निर्भर नहीं बनाना है पर जरुरत पड़े तो मदद करनी चाहिए, यह एक बहुत अच्छा तरीका होता है अपनी टीम से जुड़ने का। जब भी आपकी टीम का काम ख़राब हो रहा हो तो एक role model बनकर अपनी टीम के लोगो को दोबारा सिखाना चाहिए| जिससे वो फिर से अपना बिज़नेस अच्छे से कर सके। कभी कभी टीम के लीडर को अपनी टीम के लिए sacrifice भी करना पड़ता है वो पैसे के मामले में भी हो सकता है या जगह के मामले में भी हो सकता है। एक लीडर को role model बनने के साथ साथ बड़ा दिलवाला भी बनना पड़ेगा क्योंकि लोग सिर्फ लीडर को ही फॉलो करते है।

E) मेरा व्यक्तिगत अनुभव मैंने कैसे बनाया -

अगर मैं अपने व्यक्तिगत अनुभव कि बात करूँ तो मैंने हमेशा अपने बिज़नेस को हमेशा सबसे ऊपर रखा, फिर अपने व्यव्हार को ऊपर रखा, फिर अपने टीम के लोगों को ऊपर रखा। मैंने अपने बिज़नेस कि अच्छाइयों को हमेशा ही promote किया और अपने व्यव्हार से लोगो को इम्प्रेस किया और अपनी टीम को आगे बढ़ाने के लिए उनके साथ रात को भी काम किया, रविवार वाले दिन भी काम किया और अपनी टीम को सबसे अच्छा बनाने के लिए हमेशा inspire किया। मैंने अपनी टीम को ये सोच कर सिखाया कि मेरी टीम का हर बंदा मुझसे अच्छा काम करेगा और वास्तव में मेरी टीम ने मुझसे अच्छा काम किया। दोस्तों अपनी टीम को वो सब बताओ जो आप उनसे अपेक्षा करते हो और उन्हें सही सिखाकर एक अच्छे लेवल पर जाने के लिए inspire करो जिससे उनकी ग्रोथ बहुत ज्यादा होगी और जब वो आगे बढ़ेंगे तो आप अपने आप आगे आ जाओगे।

15. एक अच्छी टीम बनाने के लिए हमारा रिलेशनशिप कैसा होना चाहिए? –

दोस्तों प्रत्येक कंपनी चाहती है कि उसके पास श्रेष्ठ लोगो कि टीम हो क्योंकि कंपनी का उत्पाद कितना भी अच्छा हो, अगर उसके पास काम करने वालों कि अच्छी टीम नहीं होगी तो प्रोडक्ट को बाजार में कैसे पेश करेंगे। कंपनी बड़ी हो या छोटी सभी को काम करने वालो और परिणाम देने वालो कि जरुरत होती है, पर एक अच्छी टीम परफॉर्म कैसे करेगी ये निर्भर करता है कि आपका अपनी टीम के साथ रिलेशनशिप कैसा है। आपका जितना अच्छा रिलेशन होगा उतना ही अच्छा बिज़नेस आपकी टीम करेगी। रिलेशनशिप बनाना सिर्फ बिज़नेस में ही नहीं बल्कि हमारे जीवन में भी काम आता है कहते है न कि जितना अच्छा रिलेशनशिप पति और पत्नी के बीच होता है उतनी ही उनकी शादी मजबूत होती है| इसलिए दोस्तों जितना मजबूत रिलेशन आपका आपकी टीम के साथ होगा उतनी ही मजबूत आपकी टीम होगी। दुनिया में जो सबसे ज्यादा सफल लोग है उनका पूरा समय उनके आसपास के लोगो के साथ व्यवहार बनाने में लगता है।   अपनी टीम के साथ अच्छा रिलेशन बनाने का मतलब है एक मजबूत टीम तैयार करना। बड़े सारे लोगो को ये समस्या होती है कि रिलेशनशिप कैसे बनाये| दोस्तों रेलशनषिप जो शब्द शुरू होता है, relate करने से अगर आप अपने आप को लोगो से relate कर पाए तो आपको अपनी टीम के साथ अच्छा व्यवहार बनाने से कोई नहीं रोक पायेगा। दोस्तों अब आपके मन में आ रहा होगा कि आप अपनी टीम

के साथ क्या क्या relate कर सकते है, तो चलिए मैं आपको बता देता हु कि आप लोगो से उनके background के बारे में, उनकी रूचि के बारे में, उम्र के बारे मे, उनकी financial expectation, परिवार और उनके ambition के बारे में बात कर सकते है।

(a). बिज़नेस में व्यवहार का क्या महत्व है -

दोस्तों अगर आप बिज़नेस में आगे बढ़ना चाहते है तो व्यवहार का बहुत बड़ा योगदान होता है, अपनी टीम के साथ व्यवहार बढ़ाने के बहुत सारे तरीके है, जिस पर बात करेंगे।

-- Communication हमेशा बातचीत दोनों तरफ से होनी चाहिए जिसमे आप भी बोले और आपकी टीम को भी बोलने का मौका मिले। बहुत सारे लोग ये गलती करते है वो खुद ही बोले जा रहे होते है, अपनी टीम के लोगो कि नहीं सुनते इससे उनकी टीम उनसे अलग हो जाती है। कभी कभी टीम के लोगो के पास ऐसे विचार होते है, जो आपके मन में नहीं आये होते, हो सकता है वे कोई महत्वपूर्ण बात न बता रहे हो फिर भी आपको उनकी बात सुननी चाहिए इससे इनको भी अच्छा महसूस होता है और वो आपके साथ जुड़ जाते है।

- Trust - दोस्तों अपनी टीम के साथ विश्वास का रिश्ता बनाये रखना बहुत जरूरी है क्योंकि जितनी ज्यादा बॉन्डिंग आपकी आपके टीम के साथ होगी उतनी ज्यादा आपकी टीम मजबूत होगी और काम भी अच्छा करेगी।

- Support - आपको अपनी टीम को हर समय सपोर्ट देने के लिए तैयार रहना चाहिए क्योंकि जब कोई भी टीम बड़े मिशन पर काम करती है तो उनको कई तरह कि समस्याओ का सामना करना पड़ता है तो जब भी आपकी टीम को आपकी जरुरत पड़े तो हमेशा आपको उनके सपोर्ट में खड़े रहना चाहिए।

- Honesty – दोस्तों जब भी आप अपनी टीम से बात करते है तो पूरी ईमानदारी से करे। आपस में एक दूसरे के प्रति ईमानदार रहना चाहिए। आपस में कोई शक नहीं होना चाहि क्योंकि आप जितना ईमानदार रहेंगे आपकी टीम उतनी ही मजबूत होगी।

- Respect- दोस्तों सम्मान वो चीज है जो आप सबसे उम्मीद नहीं कर सकते है दोस्तों वो चाहे आपका जूनियर हो या सीनियर हो, आपको सबको बराबर का सम्मान देना चाहिए। जो लीडर अपनी टीम के लोगो का सम्मान करता है उसकी टीम उसके साथ मजबूती से हमेशा खड़ी रहती है| और सबसे बड़ी बात सम्मान आप किसी से जबरदस्ती नहीं करवा सकते ये आपको कमाना पड़ता है।

- Lead by example - दोस्तों अपनी टीम के लोगो के साथ व्यहार बनाने का सबसे सरल तरीका होता है हर चीज में खुद role model बन जाना। आपको अपनी टीम को सिखाने में, उनकी सहायता करने में, उनको सिखाने में हर जगह आगे आना चाहिए, इससे भी आपकी टीम लम्बे समय तक आपके साथ काम करती है। अब बड़े सारे लोगो के मन में प्रश्न उठ रहा होगा कि व्यवहार कैसे बनाना है| तो चलिए मैं आपको तरीके भी बता देता हूँ कि आप अपनी टीम के साथ कैसे व्यवहार बना सकते है।

(b). लोगो के साथ व्यवहार कैसे बनाये –

दोस्तों अगर आप लोगो के साथ व्यवहार बनाना चाहते है तो आपको sincere होना पड़ेग|, जब भी आप किसी के साथ बातचीत करते है । जब भी लोगो के साथ बात करे तो ईमानदारी आपकी बातो में झलकनी चाहिए, अगर आप बनावटी बात करेंगे तो लोग आपको भांप लेंगे और लोग आपसे नहीं जुड़ेंगे। और लोगो के साथ ऐसा व्यवहार करना है कि

लोगो को सच में ऐसा लगना चाहिए कि आप उनके जैसे हो और वो आपके साथ मिलकर बिज़नेस में आगे बढ़ेंगे।

दूसरा बहुत सारे लीडर्स में ये दिक्कत होती है कि वो बोलते ज्यादा है लेकिन सुनते बहुत कम है, लेकिन हमें एक ऐसा लीडर बनना है जो अपने लोगो को बोलने का मौका दे। जितना ज्यादा वो अपनी बात आपसे शेयर करेंगे वो उतना ही ज्यादा आपसे जुड़ेंगे। और दूसरा हमें एक लीडर के रूप में अपनी टीम कि ग्रोथ के बारे में सोचना चाहिए, प्लानिंग करनी चाहिए और ऐसा आप जब सच में करते है तो लोगो को ये बात अपने आप समझ में आ जाती है कि हमारा लीडर हमारी ग्रोथ के लिए कितना सीरियस है तो वो भी अपने आपको सीरियस कर लेते है। दोस्तों एक लीडर के रूप में आपको अपनी टीम के लिए एक रोल मॉडल बनकर रहना बहुत जरुरी होता है। क्योंकि लोग एक रोल मॉडल को ही फॉलो करते है। इसीलिए ऑफिस में आपकी इमेज, आपके काम करने कि आदत और आपके अंदर एक jenuine बात होनी चाहिए ग्रोथ करने के लिए। अगर आपके अंदर ये सारी खुबिया होंगी तो लोग आपसे अपने आप जुड़कर काम करेंगे और जिससे आपकी भी ग्रोथ होंगी और आपसे जुड़े लोग भी आगे बढ़ेंगे।

(c). कुछ चीजे जो हमें टीम के सामने नहीं करनी है –

दोस्तों अगर हमें एक अच्छी टीम बनानी है तो हमें कुछ चीजे टीम के सामने नहीं करनी है क्योंकि जो लीडर होता है उसको mature बनकर रहना पड़ता है। मतलब ज्यादा हंसी मजाक करने से भी टीम आपको सीरियस नहीं लेती है। हंसी मजाक करना भी है तो उतना ही करना है जितना जरुरी हो। क्योंकि टीम में हर तरह के लोग होते है और हर बंदा ये चाहता है कि मेरा लीडर काम के प्रति ज्यादा सीरियस हो। और एक लीडर होने के नाते अपनी टीम से एक दुरी बनाकर रखना भी होता है,

ज्यादा पार्टी भी नहीं करना होता है। जैसे कुछ लोग अपनी टीम के साथ सिगरेट पीना, शराब पीना भी स्टार्ट कर देते है, इससे धीरे धीरे टीम उनसे दूर चली जाती है। बहुत सारे लीडर्स जो सबसे बड़ी गलती करते है जो कि शायद बहुत सारे लीडर्स को पता ही नहीं होता कि वो पर्सनल और प्रोफेशनल व्यवहार को मिला देते है जबकि अगर आप अपनी टीम विकसित कर रहे है तो आपको पर्सनल चीजो को हमेशा अपने बिज़नेस से दूर रखना होता है। पर्सनल और प्रोफ़ेशनल लाइफ को कभी भी मिक्स नहीं करना चाहिए जो कि बहुत सारे लीडर ये गलती जाने अनजाने में कर जाते है।

और दोस्तों अपनी टीम को कभी भी गुमराह नहीं करना चाहिए। बहुत सारे लीडर्स कहते कुछ और है अपनी टीम से और करते कुछ और है। ये सब भी नहीं करना चाहिए। अपनी टीम से वही बात बोलो जो सच है इससे जो भी टीम आपके साथ काम करेंगी वो पूरी ईमानदारी से और अच्छा काम करेंगी। और एक लीडर के रूप में अगर आप एक टीम को हैंडल कर रहे है तो उनके सामने गलत आदते नहीं शो करनी है। क्योंकि अगर दोस्तों आप बिज़नेस करना चाहते है और एक टीम को विकसित करना चाहते है तो अपने से जुड़े लोगो कि सहायता करो, जब आप अपने लोगो कि सहायता करते है तो लोग आपके साथ जुड़ते है और पूरी मेहनत से बिज़नेस करते है। अगर आप बिज़नेस में या जिंदगी में सफल होना चाहते हो तो लोगो को उनके आगे बढ़ने में सहायता करो । जितना अच्छा रिलेशन होंगे आपका अपनी टीम के साथ उतना ज्यादा आप सफल बनेंगे व्यापार और जिंदगी में।

हमेशा ध्यान रखना "लोगो को फायदा पहुँचाते रहो, आप एक दिन बड़े आदमी बन जाओंगे"।

व्यवहार : एक प्रेरणादायक कहानी

एक व्यापारी था जिसका व्यापर बहुत अच्छे तरीके से चल रहा था अब उसके पास माया की कोई कमी नहीं थी। उसके पास ज्यादा धन – दौलत होने के कारण उसका मन अहंकार से भर गया। वो हर किसी से बड़े ही बुरे तरीके से व्यव्हार करने लगा वो अब किसी से ठीक से बात तक नहीं करता था। इसी तरह व्यापारी को देख उसका परिवार भी अंहकार और बुरे व्यवहार की चपेट में आने से नहीं बचा सका अब उसके परिवार को भी दूसरों के साथ बुरा व्यवहार करने की आदत लग गई थी। इसी तरह जब सभी के अंहकार आपस में टकराने लगे तो घर का माहौल बिल्कुल ही ख़राब हो गया। घर के माहौल को ख़राब देख व्यापारी गांव में आए एक महात्मा के पास गया और उनसे कहा हे प्रभु मुझे इस नर्क से मुक्ति दिलाइए में आपकी शरण में रहकर इस मुसीबत से छुटकारा पाना चाहता हूं। महात्मा ने बड़ी ही निम्रता से कहा एक आदमी को बुरा व्यवहार करने से बचना चाहिए जिस तरह के व्यव्हार की अपेक्षा तुम दूसरों से करते हो खुद को भी दूसरों के प्रति वैसा ही व्यव्हार करना चाहिए ऐसा करने से तुम्हारा घर भी मन्दिर बन जाएगा। इसके बाद उस व्यापारी ने अपने घर जाकर उस महात्मा के कहे वचनों को अपनाया और जल्द ही उसके घर का माहौल भी बदल गया। अब सभी प्रेम से रहने लगे थे। दोस्तों इस कहानी से हमें यही शिक्षा मिलती है के मनुष्य को कभी भी ऐसा व्यव्हार नहीं करना चाहिए जिसे वह खुद के लिए भी नहीं पसंद करता हो। उसे दूसरों के प्रति सहजता का व्यवहार रखना चाहिए एक अच्छे व्यवहार से ही दूसरों के दिलों को जीता जा सकता है।

16. टीम जल्दी बनाने का सबसे बड़ा मंत्र

दोस्तों हम सब लोग जो सेल्स में, बिज़नेस में, नेटवर्क मार्केटिंग और जहाँ-जहाँ भी टीम बनाने कि आवश्यकता होती हैं तो हम टीम बनाने के लिए newspaper में प्रचार करते है, ऑनलाइन जॉब वेकन्सी निकलते है, रोजगार मेला से लोगो को रिक्रूट करते है और भी बहुत से तरीके से लोग टीम को रिक्रूट करते है। इन तरीको को प्रयोग करके भी आप लोग एक अच्छी टीम बना सकते है जो कि लोग बनाते भी है, लेकिन मैं आज जो आपको तरीका बताना चाहता हूँ उस तरीके से आप बहुत जल्दी एक अच्छी टीम तैयार कर सकते है, और उस तरीके का नाम है पर्सनल रिक्रूटमेंट, जो कि टीम बनाने का सबसे प्रभावी तरीका है।

पर्सनल रिक्रूटमेंट मतलब होता है कि आपने किसी को होटल में काम करते देखा वहां आपने बिज़नेस के बारे में बताया और वो बंदा आपके साथ आपके बिज़नेस में काम करने लगा। पर्सनल रिक्रूटमेंट, रिसर्च में ये पता चला है कि सबसे मजबूत जो किसी भी बिज़नेस के pillars आज जो भी है वो पर्सनल रिक्रूट है। मैं ये नहीं कह रहा कि अख़बार से, टेलीविजन के विज्ञापन से लोग hire नहीं होते है, लेकिन पर्सनल रिक्रूट एक तेज व अच्छा तरीका है टीम को विकसित करने का।

हमारे भारत देश में ऐसे बहुत से लीडर्स है जो पर्सनल रेक्रुइट्स है, जिनको कोई न कोई दूसरा लीडर उनको लेके आया। अब दोस्तों मन में ये बात आ रही होंगी कि पर्सनल रिक्रूट कौन हो सकता है। पर्सनल रिक्रूट दोस्तों आपके रिश्तेदार, दोस्त और कोई स्ट्रेंजर भी हो सकता है, बस उनकी सोच आगे बढ़ने वाली हो। वो लाइफ में आगे बढ़ना चाहते

हो। एक बात ये भी ध्यान रखना है कि किसी को भी लेके नहीं आ जाना है। अब मन में एक प्रश्न आ रहा होगा कि सर पहचानेगे कैसे, तो एक बात आपको समझनी पड़ेंगी कि जब कोई लीडर वाकई में एक हाई परफॉरमेंस टीम बनना चाहता है तो उसका दिमाग अपने आप वो चीज खोज लेता है जो उसे चाहिए। बाकि का लॉ ऑफ़ एवरेज है, 10 में से 1 पक्का आपका लीडर निकलेंगा, जो कि बिलकुल आपके जैसा होगा ।

पर्सनल रिक्रूट करते समय हमेशा कुछ बातें हमेशा ध्यान में रखनी चाहिए:-

(a) आप जो भी मेहनत करेंगे किसी नए बन्दे को पर्सनल रिक्रूट करने में वह आप आपने बिज़नेस के लिए ही करोंगे, उससे सिर्फ और सिर्फ आपको ही फायदा होगा।

(b) पर्सनल रिक्रूट करने का कोई भी स्पेशल समय नहीं होता, आप कभी भी, किसी भी समय, किसी को भी अपनी opportunity के बारे में बता सकते हो।

(c) पर्सनल रिक्रूट हम कही भी कर सकते है, हर जगह लोगो को एक अच्छे अवसर कि तलाश रहती है।

(d) पर्सनल रिक्रूट कोई भी हो सकता है, चाहे अगर कोई बंदा आपको फील्ड में मिला हो, दोस्त हो, रिश्तेदार हो, किसी रेस्टॉरेंट का वेटर हो, कॉलेज का छात्र हो, कोई भी हो सकता है, जिसको आपने लाइफ में आगे बढ़ना हो।

(e) पर्सनल रिक्रूट आप इसीलिए करेंगे क्योंकि आपका खुद का बिज़नेस है और अपने बिज़नेस को आगे बढ़ाने के लिए जो करना पड़े करना चाहिए।

(f) पर्सनल रिक्रूट करने के लिए सबसे पहले अपने दिमाग में ये प्लान बनना है कि मुझे अपने बिज़नेस को आगे लेके जाना है, तब आप समय और मेहनत आप दोनों लगाएंगे।

दोस्तों आज पुरे दुनिया में 95 % जितनी भी डायरेक्ट सेल्स वाली कंपनी है, आज भी अपने लीडर्स को खुद के लोग hire करने का बोलते है, कंपनी कि तरफ से सिर्फ 5 % सपोर्ट होता है लोगो को hire करने में। दोस्तों अगर आप अपने बिज़नेस के लिए 10% अच्छे लीडर्स कि टीम बनना चाहते हो तो आपको प्रतिदिन फील्ड में सिर्फ 4 लोगो को अपनी opportunity बतानी होंगी, अगर आप महीने में 25 दिन भी ऐसा करते है तो आप महीने के अंत में 100 लोगो को opportunity बता दिए होंगे और अगर औसत के नियम से देखे तो कम से कम 10 अच्छे लीडर्स पक्का आपके टीम में होंगे वो भी सिर्फ एक महीने में। सोच के देखो। इसीलिए दोस्तों अगर आप अपनी टीम बना रहे है तो पर्सनल रिक्रूटमेंट आपके लिए वरदान सिद्ध हो सकता है।

17. मेरा व्यक्तिगत अनुभव कुछ सच्चाईया जिस पर आप सब को विश्वास करना होगा –

1) दोस्तों कोई भी कंपनी या बिज़नेस अच्छा या बुरा नहीं होता ये उस व्यक्ति पर निर्भर करता है कि उस कंपनी में वो किस लेवल तक ग्रोथ कर सकता है कुछ लोग चपरासी कि पोस्ट से जनरल मैनेजर तक पहुंचते है और वही का कुछ स्टाफ शिकायतें कर रहा होता है कि उसकी ग्रोथ नहीं हुई।

2) आज दुनिया में जो भी काम हो रहे है वहाँ औसत का नियम काम करता है जैसे अगर किसी कि शादी नहीं हो रही हो और वो सच में शादी करना चाहता है तो औसत के नियम के अनुसार उसके हिसाब से उसकी दुल्हन मिल ही जाएगी यही नियम सेल्स व बिज़नेस में भी लागू होता है।

3) हमेशा सकारात्मक सोचना है दोस्तों परिस्थिति कैसी भी हो हमेशा सकारात्मक सोचना है क्योंकि नकारात्मक सोचने से हमेशा हानि होती है।

4) कभी काम को छोड़ना नहीं है दोस्तों अगर आपको लगता है कि आप जहा काम कर रहे है उसमे ग्रोथ हो और आगे बढ़ने के मौका है और वहाँ से आपके सपने पूरे हो सकते है तो आपको वहाँ से छोड़ना नहीं है क्योंकि **Winner's never quit & quitters never win".**

5) दोस्तों हमेशा ये याद रखना कि अगर कोई दूसरा बिज़नेस या सेल्स कर सकता है तो अगर आप भी सीखोगे तो आप भी कर लोगे।

6) दोस्तों जीवन में कितनी भी अच्छी पद पर पहुंच जाना पर कभी भी अपने बिज़नेस के सिस्टम को मत भूलना।

7) दोस्तों कोई product matter नहीं करता matter करता है सिर्फ और सिर्फ आपकी सोच।

8) दोस्तों सप्ताह का कोई भी दिन अच्छा या बुरा नहीं होता जैसे कुछ लोग बोलते है ये दिन शुभ नहीं था या वो दिन शुभ नहीं था बिज़नेस करने वालो के लिए हर दिन शुभ होता है।

9) दोस्तों साल का कौन सा महीना अच्छा है या बुरा ये सब मायने नहीं रखता।

10) दोस्तों आपके पास पैसा है या नहीं मायने नहीं रखता क्योंकि आज बहुत सारे ऐसे सफल लोग है जिनके पास खाने तक के पैसे नहीं थे परन्तु आज वो सफल व्यापार चला रहे है।

11) ये मायने नहीं करता किसी चीज को पाने में कितना समय लग रहा है मायने सिर्फ ये करता है कि अपने वो चीज पायी या नहीं।

12) दोस्तों सेल्स करने के लिए या बिज़नेस करने के लिए उम्र मायने नहीं रखती आपकी उम्र 10 या 70 हो, मायने रखता है तो वो है आपकी सोच।

13) दोस्तों अगर आप सेल्स, बिज़नेस या लाइफ में आगे बढ़ना है तो बहुत सी दिक्क्तों का सामना करना पड़ता है, लेकिन ध्यान रहे दोस्तों हर प्रॉब्लम का हल होता है।

14) दोस्तों कभी बहाने मत बनाओ, अगर आप सेल्स व बिज़नेस के छेत्र में आगे बढ़ना चाहते हो तो।

15) हमेशा सेल्स व बिज़नेस में आगे बढ़ने का अवंसर होता है।

16) दोस्तों अगर आपको लाइफ में आगे बढ़ना है तो आपके काम करने की आदत अच्छी होनी चाहिए। क्योंकि अच्छा परिणाम पाने के लिए आदतों का अच्छा होना बहुत जरुरी है।

17) दोस्तों हमेशा ध्यान रखना दिक्कत चाहे कितनी ही बड़ी क्यों न हो, स्थिति अच्छी हो जाती है, इसीलिए सब्र रखो और अपनी मेहनत पर विश्वास रखो। सब कुछ अच्छा हो जाएगा।

18) दोस्तों जैसा हम अपने बारे में सोचते है, हम वैसे ही बन जाते है इसीलिए दोस्तों हर किसी को कम से कम अपने बारे में तो अच्छा महसूस करना चाहिए।

19) दोस्तों लाइफ में अगर आप सफल होना चाहते हो तो आपसे जुड़े लोगो को सफल बनाने में उनकी सहायता करो।

20) दोस्तों हमें हमेशा अपने छोटे छोटे लक्ष्य बनाकर उसके रोज के रोज पूरा कर देना चाहिए। ऐसा करने से आप एक दिन बहुत बड़े आदमी बनोगे।

21) दोस्तों अगर आपको सेल्स व बिज़नेस में आगे बढ़ना है तो जो लोग आपके साथ काम कर रहे उनके साथ मन लगा कर काम करो।

22) हमेशा अपने सिस्टम पर पूरी तरह से विश्वास करो।

23) दोस्तों हमेशा ये ध्यान रखो की मुश्किल समय कभी ख़त्म नहीं होंगा, एक प्रॉब्लम ख़त्म होंगी तो दूसरी प्रॉब्लम अपने आप आ जाएँगी।

24) दोस्तों कम्फर्ट जोन से बाहर निकलकर काम करना चाहिए।

25) दोस्तों ये मायने नहीं रखता है कि आपकी टीम में गरीब लोग है या अमीर लोग है कोई भी आगे बढ़ सकते है। इसीलिए कभी भी किसी का बैकग्राउंड मायने नहीं रखता है।

26) दोस्तों आप जहाँ पर बिज़नेस करते है या जिस कंपनी में भी काम करते है वहाँ पर ये सोच कर काम करना है कि वहाँ आपका भविष्य बनेगा और आपकी ग्रोथ होंगी।

27) हमेशा ईमानदार रहना। अगर आप सेल्स व बिज़नेस में आगे बढ़ना चाहते हो तो आपको अपने अंदर ईमानदारी का गुड़ विकसित करना होंगा।

28) दोस्तों जब भी आप कोई काम करोंगे तो दस तरह के लोग आपको demoralize करेंगे, आपको परेशान करेंगे, लेकिन आपको बिना लोगो कि परवाह किये बिना अपने काम करते जाना है।

29) दोस्तों अगर आपको लगता है या विश्वास है कि जिंदगी में आप आगे बढ़ोंगे तो आप १००% आगे बढ़ेंगे। इसीलिए कितनी भी परेशानी क्यों न आये आपको अपने ऊपर विश्वास करना होंगा।

30) दोस्तों आज दुनिआ में हर बन्दे के लिए बहुत सारी opportunity है आगे बढ़ने के लिए, बसर्ते वो ईमानदारी से मेहनत करने को तैयार रहे।

31) दोस्तों हमेशा ध्यान रखना कि हर नेगेटिव में एक बहुत बड़ा पॉजिटिव छुपा होता है, बस बात होती है कि आप क्या देखते है।

32) दोस्तों अपनी टीम में, ऑफिस में किसी को जज मत करो कि ये कर पाएंगे या नहीं। दोस्तों जिसको एक बार समझ आ गया कि उसका ये काम करके फायदा होंगा वो 100 % कर लेगा।

33) दोस्तों आखिर में ये बात हमेशा ध्यान रखना कि दुनिया में कुछ भी इम्पॉसिबल नहीं है, हर वो चीज कि जा सकती है जो आप करना चाहते है।

18. मैंने इन तरीकों को एक अच्छी टीम बनाने में और उनको एक अच्छा बिज़नेस करवाने में कैसे प्रयोग किया –

नमस्कार दोस्तों, मैं राम प्रताप सिंह, आज मै अपना पूरा का पूरा व्यक्तिगत अनुभव शेयर करूंगा जो मैंने अपनी टीम बनाने में प्रयोग किया था। दोस्तों सबसे पहले अपने आपको ये साफ़ कर देना चाहिए कि आप जो करने जा रहे है उसमे आपका क्या क्या फायदा है। मैंने जब काम शुरू किया था तो सबसे पहले मैंने बहुत सारे कामों से अपने काम को compare किया था कि अगर वहां काम करूंगा तो मै पांच साल बाद किस लेवल पर पहुँच पाउँगा और अगर मैंने यहाँ सही से काम किया तो पांच साल में कहाँ तक पहुँच पाउँगा। और मैंने ये भी सोचा कि जो मेरा सपना है क्या वो ये काम करके पूरा हो सकता है। जब ये चीजे मेरे मन में साफ़ हो गई तो मैंने फिर बिना देर किये Rhino principal को फॉलो किया और अपने काम को भी पूरी लगन और मेहनत से करने लगा। फिर पीछे मुड़कर नहीं देखा।

दोस्तों शायद आपके मन में ये सवाल उठ रहा होगा कि ये Rhino principal क्या है। तो दोस्तों मै आपको बता देता हूँ Rhino एक ऐसा जानवर है जिसको अगर ये बोल दिया जाये कि ये दीवार तोड़नी है तो वो वह दीवार तोड़कर ही रहेगा मतलब उसको जो काम दिया जाये वो करके ही रहता है वो कभी confuse नहीं होता है, उसका ध्यान कभी इधर उधर नहीं भटकता है वह सिर्फ वही काम करेगा जो

उसको बोला गया है। Rhino के शरीर कि चमड़ी इतनी मजबूत होती है कि चाहे ठण्ड हो, गर्मी हो या बरसात हो उसके शरीर पर कोई फर्क नहीं पड़ता है।

Rhino principal का मतलब है जो भी काम अपने हाथ में एक बार ले लिया तो उसे पूरा करके ही छोड़ना है।

क्योंकि दोस्तों अगर लक्ष्य बनाकर काम करोगे तो आप जल्दी ग्रोथ करोगे। दोस्तों सबसे पहले खुद एक अच्छा इंसान बनना जरुरी है जिसके दिलो दिमाग में सिर्फ ये बसा हो कि खुद भी आगे बढ़ना है और अपने साथ के लोगो को भी आगे बढ़ाना है। यही सोच मेरी पहले भी थी और आज भी है और जब तक रहूँगा ये सोच हमेशा रहेगी और सच्चाई में ऐसा होना चाहिए सिर्फ दिखावा नहीं होना चाहिए। ये सब गुड़ जब आपके अंदर आ जायेंगे तो उसके बाद ही आप अपना सफर शुरू कर सकते है। उसके बाद मैंने अपने काम को हर दिन ईमानदारी से किया। कभी sale होता था कभी नहीं होता था लेकिन लगातार ऑफिस जाता रहा एक सकारात्मक सोच के साथ। और बहुत बार ऐसा होता था कि काम अच्छा नहीं हो रहा था लेकिन उसके बाद भी कभी नकारात्मक नहीं सोचता था, क्योंकि जब एक बार एक अच्छा काम चुन लिया है जहाँ से मेरे सपने पूरे हो सकते है तो फिर पीछे क्यों हटना, मुझे थोड़ा बहुत समय लगा बिज़नेस सीखने में लेकिन सीख गया। अपने आपसे कभी कमजोर बात नहीं करनी है। फिर जब मै खुद सेल्स करना सीख गया हूँ तो मुझे बताया गया कि अगर आप एक अच्छे स्तर पर पहुँच कर बिज़नेस करना चाहते हो तो आपको एक टीम को तैयार करना होगा, नहीं तो आप ज्यादा ग्रोथ नहीं कर पाओगे। लेकिन मेरे लिए सबसे बड़ा चैलेंज था कि मै अपने आपको ही संभाल लूँ। फिर टीम को संभालना तो कभी सपने में भी नहीं

सोचा था, लेकिन मेरे मेंटर ने बोला कि जिंदगी में अगर आगे बढ़ना है तो आपको एक अच्छी performance linked टीम बनानी ही पड़ेगी। फिर मैं अपने साथ नए नए लड़को को उन्हें अपना बिज़नेस दिखाने के लिए लेके जाने लगा | बहुत सारे लोग फील्ड में पहुंचने से पहले ही भाग जाते थे लेकिन मुझे ये समझ नहीं आ रहा था की ऐसा क्यों हो रहा है फिर मेरे मेंटर ने मुझे समझाया की इसमें परेशान होने की कोई जरुरत नहीं है ये सबके साथ होता है, बस आपको अपने सिस्टम को फॉलो करना है और लगातार लोगो को अपने साथ ट्रेनिंग पर लेकर जाते रहो फिर उसके बात मुझे इतनी दिक्कत नहीं हुई | कुछ लोग हायर होते थे तो कुछ लोग चले जाते थे लेकिन मुझे पता था की ये औसत का नियम है, थोड़ा मुझे समय लगा लेकिन कुछ समय बाद मैं सीख गया कि टीम को कैसे संभालना होता है तो दोस्तों मुख्य चीज जो मायने रखती है वो ये है कि आपको सकारात्मक सोच से लगातार काम करना होगा, सब्र रखना होगा और आप भी सीख जाओगे |

अगर मैं एक लाइन में फार्मूला बताऊ तो ये है की आपको लगातार मेहनत करनी होंगी बिना रुके, बिना थके, एक पॉजिटिव mindset के साथ । उसमे से कुछ लोग जल्दी सीखेंगे और कुछ लोगो को समय लगेगा । लेकिन आप लोग भी सेल्स करना और टीम बनाना सीख जाएंगे। और दोस्तों आपकी नियत भी बहुत मायने रखती है की आप किस नियति से टीम बना रहे है। ये बड़ा मायने रखता है। हमेशा दोस्तों प्लानिंग करते रहना है की आप कैसे टीम को डेवलप करेंगे, कैसे उनकी ग्रोथ करेंगे और रोज ऐसे करना है। और हमेशा जब भी प्लानिंग करो तो ये सोचकर प्लानिंग करो की वो चीज सच होगा । फिर आपको काम करने में मजा आने लगेगा। दूसरा जो मैंने अपनी टीम को विकसित करने में आईडिया लगाया वो था की मैं जो सोचता था अपनी टीम के बारे में

या जो उनसे उम्मीद करता था वो उनसे शेयर जरूर करता था। जिससे ऐसा करने से टीम भावना पैदा होती है और टीम पूरी लगन और मेहनत से काम करती है।

दोस्तों हमेशा एक बात ध्यान रखो knowledge is power। मतलब दोस्तों जिसके पास जितनी ज्यादा नॉलेज वो उतना ज्यादा ग्रोथ करेंगा जीवन में। मैं किसी स्कूल की सर्टिफिकेट या कॉलेज की डिग्री की बात नहीं कर रहा हू। मैं बात कर रहा हू प्रेरणादायक पुस्तकों के बारे में, बाजार में आपको मोटिवेशन से रिलेटेड, सेल्स से रिलेटेड, अमीर लोगो की बायोग्राफी की बुक मिल जाएँगी। ये सब किताबे पढ़ना चाहिए जिससे आपको जिंदगी की रियल नॉलेज मिलेंगी। आज बाजार में टीम से रिलेटेड जैसे टीम क्या होती हैं, टीम कैसे बनानी होती है, टीम को कैसे आगे लेके जाना होता है इन सबके ऊपर किताबे मिलेंगी। आप यूट्यूब वीडियो से भी नॉलेज ले सकते है। आज मैं जितना भी विकसित हूँ उसमे किताबो का, audiobooks का, और यूट्यूब वीडियो का बहुत बड़ा role है, ऐसा करने से आपका दिमाग विकसित होता है, जो हमें जीवन में, सेल्स में, बिज़नेस में आगे बढ़ने में मदद करता है। इसके आलावा हमे हर फील्ड में अपने सीनियर मिलते है उनके साथ समय बिताना चाहिए उनसे विचार लेने चाहिए। उनके अनुभव से भी हम सीख सकते है बाकि दोस्तों आपको अपने हिस्से की मेहनत करनी पड़ेगी और आप वास्तव में खुद की मेहनत से ही आगे बढ़ोगे।

दोस्तों मैंने ये किताब इसलिए लिखी ताकि साधारण शब्दों में ये पता चल सके की जीवन में आप कैसे बढ़ोगे। दोस्तों आपने इस किताब में बताई बातो को ध्यान से समझकर अपने काम में apply किया तो आपको आपके बिज़नेस में आगे बढ़ने से कोई नहीं रोक सकता।

Wish you all the best to become a businessman.

19. कुछ प्रेरणादायक विचार जो हमें ध्यान में रखने चाहिए –

1) आपके सपने इतने बड़े होने चाहिए की आसमान भी छोटा पड़ जाये, जो पंछी पिंजरे में रहते है उन्हें बाज नहीं कहते।

2) आप वो बन जाते है जिसके बारे में आप ज्यादातर सोचते रहते है।

3) आप वह सबकुछ कर सकते है जो आप सोचते है की आप कर सकते है।

4) जो भी आपका दिमाग सोच सकता है उसे हासिल कर सकता है।

5) आप उन 5 लोगो के औसत है जिनके साथ आप अपना समय बिताते है।

6) अगर आप गरीब पैदा हुए है तो ये आपकी गलती नहीं है, लेकिन अगर आप गरीब होकर मरते हो तो ये आपकी गलती है।

7) लगातार प्रयास करने से सफलता आती है।

8) लोग अमीर बनते है दो काम करने से - एक है किताब पढ़ने से और दूसरा है - सफल व्यक्ति के साथ मिलने से।

9) किताब ही इंसान का असली मित्र होता है।

10) इंसान अपने ज्ञान के मुताबिक धन कमाता है।

11) अगर आप अपना बुरा वक्त ठीक करना चाहते हो तो दानी बनो और अपनी कमाई का एक हिस्सा गरीब और बेसहारा लोगो की भलाई के लिए इस्तेमाल करो।

12) भगवान पैसो से नहीं श्रद्धा से प्रसन्न होते है।

13) समय को बैठ कर बिताने वाला कभी अमीर नहीं बन सकता।

14) सफल वो ही बन पाता है जो अपने काम को हर रोज थोड़ा और ज्यादा करता है।

15) कभी भगवान के भरोसे नहीं रहना चाहिए, क्या पता भगवान आपके भरोसे हो।

16) अज्ञानी आदमी हमेशा भौंकता रहता है।

17) कर्म करके अपनी पहचान बनाओ।

18) आपकी एक मुस्कान लोगो को खुशी दे सकती हैं।

19) दुनिया मे हर इंसान एक अभिनेता होता है।

20) सबसे बड़ा रोग क्या कहेंगे लोग।

21) खुद की सहायता करना ही सबसे बड़ी सहायता होती है।

22) बहाना बनाने और बहाना करने से गरीबी आती है।

23) लीडर का सबसे महत्वपूर्ण काम ये है की अच्छे लोगो को टीम में शामिल किया जाये और उन्हें टीम में बनाये रखा जाये।

24) हर चीज लीडरशिप के साथ उठती है और गिरती है।

25) एक लीडर ही दूसरे लीडर को जान सकता है, उसका विकास कर सकता है और उसे सामने ला सकता है।

26) किसी नए कर्मचारी को शुरुवात से सीखने के बजाय वर्तमान कर्मचारी को सुधारना ज्यादा किफायती तरीका होता है।

27) इंसान या तो अभी कीमत चुकाए और बाद में मजे करे या फिर अभी मजे करे और बाद में कीमत चुकाए।

28) सफल लीडर के पास सफल ट्रैक रिकॉर्ड होता है।

29) लीडर सिर्फ विश्वास के आधार पर ही काम कर सकता है।

30) क्षमतावान लीडर के साथ समय बिताने का मतलब अपने समय का निवेश करना है।

31) लोग हमेशा अपने लीडर की अपेक्षाओं की वजह से प्रगति करते है।

32) आशा के स्तर को ऊँचा बनाये रखना लीडर का काम है।

33) अगर सफल परिणामो को पुरस्कृत करने के बजाय हतोत्साहित किया जाये तो मेहनती व्यक्ति का मनोबल भी अंततः कम हो जायेंगा।

34) अपना ८०% समय अपने आसपास के सबसे प्रतिभाशाली 20 % लोगो को दे।

35) लीडर को अपनी टीम के लोगो को अच्छी तरह जानना चाहिए ताकि वह ऐसे लक्ष्य बना सके जो थोड़े से मुश्किल भी हो।

36) अपनी टीम के लोगो का विकास करना लीडर का सर्वश्रेष्ठ काम होता है।

37) अच्छे लीडर अच्छे श्रोता होते है।

38) जो टीमें आपस में नहीं जुड़ पाती है, वे ऊंचाई पर भी नहीं पहुँच पाती है।

39) व्यक्तिवाद से ट्रोफिया जीती जा सकती है, परन्तु टीमवर्क से दिल जीते जाते है।

40) सफलता त्याग या कीमत चुकाने की इच्छा पर निर्भर करती है।

41) समस्याएं लगभग हमेशा सीखने, विकास करने और सुधार करने का अवसर देती है।

42) सम्मान को समय के साथ अर्जित करना पड़ता है, यहाँ पर शॉर्टकट काम नहीं आते।

43) अच्छे सम्बन्ध बनाने की योग्यता लीडरशिप की सबसे महत्वपूर्ण योग्यता है।

44) सच्ची सफलता सिर्फ तभी मिलती है जब हर पीढ़ी अगली पीढ़ी को तैयार करती है।

45) अगर आप लोगो पर विश्वास करेंगे तो वे उस विश्वास पर खरे उतरने की पूरी कोशिस करेंगे।

46) लोगो को शुरू से ही स्पष्ट बता दे की उनसे क्या उम्मीद की जाती है।

47) अगर हर व्यक्ति हर हफ्ते सिर्फ एक नया विचार सोचे तो साल के अंत तक आपके पास ढेर सारे नए विचार हो जायेंगे।

48) शार्क बने, आगे बढ़ते रहे।

49) लीडर बनाना लगातार सीखते रहने का अनुभव है।

50) पैसा नहीं तो बिज़नेस नहीं, बिज़नेस नहीं तो नौकरी नहीं।

20. सेल्स व बिज़नेस करने के लिए कुछ बहुत ही ज्यादा महत्वपूर्ण बातें जो हम सब को पता होनी चाहिए

अगर आप सफल होना चाहते हो तो हमेशा एक नियम का आदर करना वह है "अपने आपसे झूठ नहीं बोलना" ।

1) अपने बिज़नेस का आदर करे उसे laid down नहीं होने दे।

2) एक विज़न क्रिएट करना अपनी टीम का एक लीडर का काम होता है।

3) आपके बिज़नेस की ग्रोथ आपके हिसाब से होनी चाहिए लोगो के हिसाब से नहीं।

4) हमारे पास सिर्फ दो से तीन दिन होते है एक नए गाइस को सिखाने के लिए उसके बाद आप उसको नहीं सीखा सकते है।

5) आपकी टीम की उन्नति के लिए आपको भी चिंता होनी चाहिए गाइस को पता होना चाहिए की उनके लीडर को भी चिंता है उनके ग्रोथ के लिए।

6) किसी भी लड़के को मोटीवेट करने के लिए झूठे उदाहरण या वादे तथा गलत बात नहीं करनी है।

7) किसी के साथ गलत मत करो आपकी कमजोरी किसी को पता नहीं होनी चाहिए।

8) जो काम आप अपने लोगो से करवाना चाहते हो वो पहले आप खुद करो।

9) अपनी व्यक्तिगत समस्या को बिज़नेस में शामिल नहीं करना है।

10) जो लड़का आपकी टीम का माहौल ख़राब कर रहा है उसे निकल दो।

11) अगर आप कोई प्लानिंग करते हो तो उसका टाइम बॉउंडेशन होना चाहिए।

12) हमें हमेशा लीडर की तरह अपनी टीम के लोगो में ये विश्वास पैदा करना है की आप भी लीडर बन सकते है।

13) हमेशा लीडर की तरह यह ध्यान रखे की हमें बिज़नेस को बनाने करने में मेहनत नहीं करनी है, हमें अपने बिज़नेस से जुड़े लोगो को build करना है, क्योंकि अगर हम लोगो को build करेंगे तो लोग अपने आप बिज़नेस build कर देंगे।

14) अगर आपने और आपकी टीम ने अपना लक्ष्य तय कर लिया है तो इंतज़ार मत करो तुरंत अपने लक्ष्य पर काम करना शुरू करो ।

15) हमेशा लीडर की तरह यह समझना है की capacity सबमे एक जैसी होती है, कोई भी लीडर बन सकता है।

16) सुबह से लेकर शाम तक आपको अपनी जिम्मेदारी लेनी है।

17) As a लीडर टीम बनाने की मत सोचे बल्कि ये सोचो की एक बन्दे को कैसे तैयार करना है।

18) हमेशा ध्यान रखो एक सोच, आपकी पूरी जिंदगी बदल सकती है।

19) अगर आपकी टीम में कोई बंदा confident नहीं है वीक है तो इसका मतलब है की वो सही से सिस्टम में trained नहीं है।

20) अगर आप चाहते हो कि टीम के लोग excited रहे तो आप प्लान करते रहो।

21) हमेशा एक बात ध्यान रखना, जिम्मेदारी वही ले सकता है जो सोचता है कि वह कर लेगा, जो करेगा वही आगे बढ़ेगा।

22) आप अपनी कार के खुद मालिक हो मतलब आप अपने बिज़नेस को कितना आगे लेके जाना चाहते हो ये सब कुछ आप पर निर्भर करता है।

23) दोस्तों हमेशा एक बात ध्यान रखना कि एक कंपनी आपको सिस्टम में काम करना सीखा सकती है लेकिन काम खुद ही करना होगा क्योंकि अपनी सिक्योरिटी के लिए आप खुद जिम्मेदार हो।

24) दोस्तों पहले आपको समझना है कि आपको क्या करना है, कैसे करना है तभी आप लोगो को समझा पाएंगे। आप लोगो को प्रक्टिकली बात करके सिखाओ, theoritically मत समझाओ। अगर आप नहीं सीखा पाए तो ये आपकी नाकामयाबी होंगी।

25) आलस्य से दूर रहो क्योंकि ये आपकी खुद कि जिंदगी है।

26) हमेशा ध्यान रखो कि आपके साथ जो लोग काम कर रहे है वो उतने ही काबिल है जितने कि आप हो।

27) हमेशा ध्यान रखो जो गलत दिशा में काम करेगा, लोगो को पटायेगा, गलत बातें बताएगा ultimately वो फंस जायेंगा।

28) हर बंदा आगे बढ़ना चाहता है लेकिन दिक्कत ये होती है कि उसको सही दिशा या मेंटर नहीं मिलता है।

29) अगर आपके पास सही नॉलेज है मतलब आप बहादुर है तभी आप लोगो को सीखा पाएंगे। अगर आप अपनी क्षमताओं का प्रयोग नहीं करते हो तो ये पूरी कि पूरी आपकी गलती मानी जाएँगी।

30) As a लीडर कि तरह कोई भी टारगेट रखो कि मेरे टीम में इतने गाइस होने चाहिए, इतने ट्रेनर होने चाहिए। \देखना एक समय के बाद हो जायेंगे।

31) आप जो कर रहे हो वही आपको मिलेगा।

32) आप जिसे सीखा रहे हो उसको क्लियर कर दो कि उसको क्या सीखा रहे हो, क्यों सीखा रहे हो और उसके लिए उसको क्या करना होगा।

33) अगर आपका मूड ख़राब है तो ये आपकी समस्या है। अगर आप mature हो तो आपका मूड ख़राब नहीं होगा, और अगर आप mature नहीं हो तो आपका मूड ख़राब होगा।

34) अगर आपकी टीम की सेल कम हुई है, टीम में कम लोग है तो आपका attitude डाउन नहीं होना चाहिए, ये सारा ऐटिटूड का ही तो गेम है।

35) अगर आपकी टीम में कुछ गलत हो रहा है तो, क्लियर बोलो गलत है और सही सीखने की कोशिश करो।

36) अपने टीम के लोगो के साथ मेहनत करके काम करो।

37) As a लीडर हमेशा ध्यान रखना की कुछ ठीक होता नहीं है, ठीक करना पड़ता है।

38) बिज़नेस में अगर चैलेंजेज आ रहे है तो मतलब आपका बिज़नेस ग्रोथ मोड पर है, अगर आप उन चैलेंजेस को सकारात्मक तरीके से ले तो।

39) चैलेंजेस को हमेशा एक गेम की तरह डील करना है।

40) अगर बिज़नेस में सफलता पाना है तो वही लोग सफल होंगे जो बिज़नेस से डरते नहीं, उसका गेम की तरह मजा लेते है।

41) अपनी टीम के हिसाब से छोटे छोटे लक्ष्य बनाओ, 2 - 3 महीने के लिए।

42) प्रॉब्लम सॉल्व करना बिज़नेस नहीं है, गेम खेलना, प्रोजेक्ट बनाना बिज़नेस है।

43) अगर आपके टीम के लोगो की मेंटालिटी कमजोर है तो आपको एक्स्ट्रा मीटिंग करनी पड़ेंगी, एक्स्ट्रा बातचीत और indifferent मीटिंग लेनी होंगी, उनके सोच के अनुसार।

44) आप कभी भी एक छोटी सोच के साथ टीम नहीं बना पाएंगे।

45) हमेशा ध्यान रखो : 90 % ऐटिटूड और 10 % ट्रेनिंग = कोई भी ग्रोथ कर लेंगा। 10 % ऐटिटूड और 90 % ट्रेनिंग = फंस जाओगे।

46) जिसका ऐटिट्यूड अच्छा होगा वह कहीं भी ग्रोथ कर लेता है।

47) अगर आपने कोई प्लान या टारगेट बनाया है उसका टाइम पीरियड सेट करो और उस पर वर्क आउट करो और काम करते रहो, प्लान के अनुसार तो परिणाम जरूर आएगा।

48) एक लीडर हमेशा अपनी टीम के लिए सूरज होता है, एक लीडर से ही टीम को शक्ति मिलती है।

49) One man show अगर लीडर सही दिशा में काम कर रहा है तो किसी के सकारात्मक और नकारात्मक होने से लम्बे समय तक कोई फर्क नहीं पड़ेगा।

50) आपको अपनी टीम का role model व हीरो बनकर रहना है।

51) एक लीडर की तरह हमें साधारण और ज्यादा दिखानी है और हीरोपंती की जरुरत नहीं है। साधारण रहो और मेहनत करो।

52) सभी लीडर्स को 8 स्टेप्स (जो मैंने किताब की शुरुआत में बताये है) फॉलो करना जरुरी है, खुद को 8 स्टेप्स के हिसाब से ढालो।

53) बिज़नेस के समय में कोई व्यक्तिगत काम नहीं करना है, जब तक आप सफल नहीं हो जाते sacrifice करना जरुरी है।

54) बिना अनुशाशन के आप आगे नहीं बढ़ सकते है, सभी कंपनी का प्राथमिक घटक है।

55) दोस्तों ये बात हमेशा ध्यान रखना की किसी भी दिन किसी भी परिस्थिति में स्थिति अच्छी की जा सकती है।

56) कोई भी स्थिति इतनी बुरी नहीं होती की आप उसे पलटा न जा सके।

57) दोस्तों अगर लीडर बनना है तो बातें वो करो जो आप पूरी कर सकते हो क्योंकि जब लोग उसे फॉलो करेंगे तब आप लीडर बनेगे।

58) अपनी जिंदगी का गेम प्लान बनाओ।

59) लीडर्स बनाये जाते है वे बने बनाये पैदा नहीं होते है।

60) अगर मेहनत करोगे तो हर दिन दिवाली है।

61) दोस्तों जब भी आप अपनी टीम के साथ मीटिंग करो तो ये फार्मूला जरूर ध्यान रखो। build -break -build, one to one meeting।

62) आपकी टीम आपके कण्ट्रोल में होनी चाहिए। सफलता को हैंडल करना भी एक भाग है।

63) अगर आप अपनी टीम को सही माहौल दोगे तो वो टीम अपने आप आगे बढ़ेगी।

64) अगर आप अपने एक्शन में बारम्बारता रखते है तो जो लक्ष्य निर्धरित किया है हासिल कर सकते है। योग्यता से ऊपर होती है बारम्बारता।

65) अगर आपकी छवि साफ नहीं है तो आपके लोग काम नहीं कर पाएंगे।

66) रिक्रूटमेंट करना हर बिज़नेस की लाइफलाइन है।

67) अगर आपके अंदर सफल होने की भूख होगी तो आप निश्चित सफल होंगे। एक लीडर होकर छोटी सोच लेके काम मत करो।

68) लोग हमेशा उसको फॉलो करते है जो एक लीडर है।

69) अगर आप खुश रहोगे तो आपकी टीम भी खुश रहेगी।

70) अगर आप लीडर है तो आप 2 साल का काम 6 महीने में भी कर सकते हो।

71) अगर आप लीडर नहीं बनोगे तो आपको सफल होने में बहुत सारी दिक्कतों का सामना करना पड़ेगा।

72) लीडर आगे बढ़ता है और फोल्लोवेर पीछे आता है।

73) आप क्या करते हो लोग उससे inspire होंगे जो बोलते हो उससे नहीं।

74) जब लोगो को आपके अंदर कमिटमेंट दिखाई देगी तो लोग आपके साथ खड़े रहेंगे।

75) अगर आप शार्ट टर्म प्लानिंग करोगे तो लॉन्ग टर्म आप फस जाओगे। इसलिए हमेशा लोंगटर्म सोच के प्लानिंग करो।

76) कोई भी निर्णय लेने से पहले ये जरूर सोच ले की मेरी योजना लॉन्ग टर्म है या शार्ट टर्म है।

77) टारगेट बनाने से थकावट नहीं जोश आता है।

78) बहुत सारे लीडर इसलिए पीछे रह जाते है क्योंकि उन्होंने अपनी आदत नहीं बदली।

79) टीम उस लीडर की जल्दी बनती है जिनका व्यव्हार अच्छा होता है।

80) छोटी छोटी बातों पर गुस्सा करने से टीम के लीडर मिस हो जाते है।

81) दोस्तों कभी कभी हम अपनी टीम के लोगो को सही सीखा भी रहे होते है फिर भी कुछ लोग काम नहीं कर पाते है तो उसमे परेशान होने की कोई जरुरत नहीं, किसी दूसरे बन्दे को सिखाओ।

82) लीडर को सीधी और सरल शब्दों में बात करनी आनी चाहिए।

83) टीम बनाने के लिए सही विज़न का होना बहुत जरूरी है।

84) लीडर हमेशा हर जगह पर समय से होता है।

85) जबाबदारी लेने से एक साधारण लड़का भी लीडर बन सकता है।

86) सिर्फ काम में लगे रहने से कुछ नहीं होता है अगर परिणाम नहीं मिल रहे है तो कुछ तो गड़बड़ है।

87) दोस्तों हमेशा ध्यान रखना, आपको बड़ा दिलवाला होना चाहिए तभी टीम बनेगी, बॉस नहीं बनना है, एक अच्छा इंसान बनना है, एक अच्छे इंसान के साथ ही लोग जुड़ते है।

88) लीडर को हमेशा ये बात ध्यान रखनी चाहिए एक टीम बनाते समय कोई भी लड़का दो reason से काम करता है -1. Need 2 Dream.

89) लीडर को हमेशा ध्यान रखना चाहिए की एक बंदा कंपनी को ज्वाइन करे या न करे लेकिन आपको जरूर ज्वाइन करना चाहिए।

89) अगर आप एक मुर्ख को मोटीवेट करेंगे तो वह एक मोटिवेटेड मुर्ख बनेगा।

90) सफलता आती है अनुभव से, अनुभव आता है खराब अनुभव से।

91) अगर आप सिस्टम से हटकर काम या मेहनत करोगे तो आपकी ही ऊर्जा ख़राब होगी।

92) अगर आपका ऐटिट्यूड अच्छा होगा तो ग्रोथ होगी नहीं तो आप आगे नहीं बढ़ पाओगे।

93) दोस्तों हमेशा अपने आप से पूछना की आपने ये काम क्यों ज्वाइन किया, आप 5 साल बाद कहा पर होंगे, आगे क्या मौका है, ये सोच कर काम करो असफल नहीं होंगे।

94) कोई भी काम पूरा इसलिए नहीं होता है क्योंकि कही न कही हम अपनी सोच नकारात्मक कर लेते है।

95) अपने आप को पहचानो और योजना बनाओ। 100% मेहनत व लग्न से काम करो।

96) दोस्तों आपको समझना पड़ेगा की टीम बनाने के लिए किसी को हायर नहीं करना है बल्कि अवसर को आगे बढ़ाना है।

97) जिसका विज़न साफ होता है वह ऊर्जावान रहता है |

98) किसी भी आलसी बन्दे को अपनी टीम में मत रखो|

21. लेखक के बारे में

राम प्रताप सिंह एक बिज़नेस मालिक, प्रेरणादायक वक्ता है, जिन्होंने अपने जीवन में हजारों लोगो को प्रेरित किया है। राम प्रताप सिंह १४ साल से बिज़नेस के क्षेत्र से जुड़े है। उन्होंने बहुत सारे लोगो को रोजगार दिया और बहुत सारे लोगो को सिखाया, जो आज वो लोग भी अपने अपने ऑफिस में बहुत सारे लोगो को रोजगार दे रहे है | उनका सपना है की आज के युवा जो थोड़ी परेशानी होने पर बिज़नेस करने को लेकर निराश हो जाते है, उनके लिए ये पुस्तक लिखी गयी है। जिससे उनको प्रेरणा मिले और वो अपने जीवन में सफल हो सके। उनके प्रशिक्षण के जरिये हजारों लोग जीवन में आगे बढ़ रहे है और प्रभावित हो रहे है।